Wenedikt Jerofejew
Die Reise nach Petuschki

SERIE PIPER
Band 671

Zu diesem Buch

Auf dem Weg zum Kursker Bahnhof in Moskau beginnt dieses Selbstgespräch des Trunkenboldes Wenedikt Jerofejew, das sich zu einer Reisebeschreibung entwickelt, die in ihrem scharfen Witz und in ihrer bodenlosen Albernheit innerhalb der zeitgenössischen sowjetischen Literatur einzigartig ist.
Wenedikt, Einwohner von Moskau, der den Kreml noch nie gesehen hat, weil er im Suff immer wieder daran vorbeigefahren ist, besteigt mit einem Köfferchen voll Schnaps den Vorortzug nach Petuschki, »wo die Vögel nicht aufhören zu singen, weder am Tage noch in der Nacht, wo sommers und winters der Jasmin nicht verblüht«. Die Reise wird zu einer einzigen Sauftour: Wenedikt trinkt, die Mitreisenden trinken, Oberschaffner Semjonytsch, der von den Schwarzfahrern statt einer Kopeke ein Gramm Wodka pro Kilometer kassiert, trinkt. Von Station zu Station und von Flasche zu Flasche werden Wenedikts Monologe und sein Gedankenaustausch mit den Reisegefährten aberwitziger, der Alkohol durchtränkt jede Seite des Buchs. Das paradiesische Petuschki wird Wenedikt nie erreichen. Am Ende verschlägt es ihn wieder nach Moskau, wo er einem sinistren Vierertrupp in die Hände fällt. »Lama sabachthani«, sagt der Held. Immerhin hat er einmal in seinem Leben den Kreml gesehen.
Das wüste Delirium seines Helden ist für Jerofejew jedoch letztlich nur das Mittel, eine radikale Demontage aller moralischen und geistigen Werte der Sowjetunion zu betreiben, und das Lachen ist Ausdruck der Verzweiflung darüber, daß jedes Individuum verdammt ist, das aus einer geschlossenen Welt auszubrechen versucht. »Jerofejews Komik hat viele Facetten, äußerst bedenkenlos läßt er die Schilderung chaotischer Realität in handfeste Satire und sehr intelligenten Nonsens übergehen, um sofort darauf die Reisenden wieder dostojewskihaft und völlig unqualifiziert durcheinanderplärren zu lassen.« Robert Gernhardt

Wenedikt Jerofejew ist möglicherweise tatsächlich der Name dieses sowjetischen Schriftstellers, von dem es heißt, er sei 1939 in Wladimir geboren und habe lange in Moskau gelebt. Auch heute soll er sich noch in der Sowjetunion aufhalten. »Die erste Auflage von ›Moskau – Petuschki‹« – das Buch erschien im Samisdat – »war schnell vergriffen, zumal nur ein einziges Exemplar davon da war«, schreibt der Autor.

Wenedikt Jerofejew

Die Reise nach Petuschki

Ein Poem

Aus dem Russischen von
Natascha Spitz

Piper
München Zürich

Originaltitel »Moskwa – Petuschki«
Erstveröffentlichung in der israelischen
Zeitschrift »Ani«, Nr. 3, 1973

ISBN 3-492-10671-4
Neuausgabe 1987
2. Auflage, 6.–11. Tausend März 1987
(1. Auflage, 1.–6. Tausend dieser Ausgabe)

Umschlag: Federico Luci,
unter Verwendung einer Aufnahme von Wols
Satz: Hieronymus Mühlberger, Augsburg
Druck und Bindung: Clausen & Bosse, Leck
Printed in Germany

Vorbemerkung des Autors

Die erste Ausgabe von »Moskau-Petuschki« war schnell vergriffen, zumal nur ein Exemplar davon vorhanden war. Ich habe seither viele Vorwürfe wegen des Kapitels »Hammer-und-Sichel – Karatscharowo« zu hören bekommen, aber vollkommen zu Unrecht. In meinem Vorwort zur ersten Ausgabe habe ich alle Mädchen darauf hingewiesen, daß sie das Kapitel »Hammer-und-Sichel – Karatscharowo« schleunigst überblättern sollen, weil auf den Satz »Und ich trank unverzüglich« anderthalb Seiten reinster Obszönitäten folgen, von denen kein einziges Wort die Zensur überstanden hätte, mit Ausnahme des Satzes »Und ich trank unverzüglich«. Mit diesem gutgemeinten Hinweis habe ich allerdings nur erreicht, daß alle Leser, und besonders die Mädchen, sich sofort auf das Kapitel »Hammer-und-Sichel – Karatscharowo« stürzten, ohne die vorherigen Kapitel und nicht einmal den Satz »Und ich trank unverzüglich« gelesen zu haben. Aus diesem Grunde habe ich mich entschlossen, in der zweiten Ausgabe aus dem Kapitel »Hammer-und-Sichel – Karatscharowo« den ganzen anstößigen Schund zu streichen. Das ist besser so, weil man mich jetzt erstens der Reihe nach lesen und sich zweitens niemand gekränkt fühlen wird.

W. J.

Wadim Tichonow,
seinem geliebten Erstgeborenen,
widmet der Autor
diese tragischen Seiten

Moskau. Auf dem Weg zum Kursker Bahnhof

Alle sagen: der Kreml, der Kreml. Alle haben mir von ihm erzählt, aber selbst habe ich ihn kein einziges Mal gesehen. Wie viele Male schon (tausende Male) habe ich im Rausch oder danach mit brummendem Schädel Moskau durchquert, von Norden nach Süden, von Westen nach Osten, aufs Geratewohl, von einem Ende zum andern, aber den Kreml habe ich kein einziges Mal gesehen.

So auch gestern wieder, obwohl ich den ganzen Abend lang in der Gegend dort herumgekurvt bin, und nicht etwa, daß ich besonders betrunken gewesen wäre. Als ich auf dem Sawelowskij-Bahnhof ausstieg, habe ich mir für den Anfang ein Glas Subrowka genehmigt, da ich aus Erfahrung weiß, daß als morgendliches Dekokt noch nichts Besseres erfunden wurde.

Also, ein Glas Subrowka. Und dann, auf der Kaljajewskajastraße, ein weiteres Glas, allerdings nicht mehr Subrowka, sondern Korianderschnaps. Ein Bekannter von mir behauptet, daß Korianderschnaps eine inhumane Wirkung auf den Menschen hat, das heißt, indem er die Glieder stärkt, schwächt er die Seele. Bei mir trat aus irgendeinem Grund genau das Gegenteil ein, das heißt, die Seele erstarkte im höchsten Grade, während die Glieder schwach wurden. Aber ich gebe zu, daß auch das inhuman ist. Deshalb goß ich eben da, auf der Kaljajewskajastraße, zwei Krüge Shiguli-Bier nach und einen kräftigen Schluck Alb-de-dessert aus der Flasche.

Ihr werdet natürlich fragen: »Und weiter, Wenitschka, was hast du noch getrunken?« Aber ich weiß ja selbst nicht, was ich des Weges so getrunken habe. Ich erinnere mich nur – und daran erinnere ich mich ganz deutlich –, daß ich auf der Tschechowstraße zwei Gläser Jägerschnaps getrunken habe. Aber ich konnte auf keinen Fall den Ring Sadowoje Kolzo überquert haben, ohne vorher noch etwas getrunken zu haben. Nein, das konnte ich nicht. Also muß ich noch irgendwas getrunken haben.

Ja, und dann ging ich ins Zentrum, weil es bei mir immer so ist: wenn ich den Kreml suche, gerate ich unweigerlich zum Kursker Bahnhof. Eigentlich mußte ich ja auch zum Kursker Bahnhof und nicht ins Zentrum, aber ich ging trotzdem ins Zentrum, um wenigstens ein einziges Mal zum Kreml zu gelangen. Ob so oder so, denke ich, den Kreml kriege ich ohnehin nicht zu sehen, sondern gerate direkt zum Kursker Bahnhof.

Ich könnte jetzt weinen, so ärgerlich ist es. Nicht deshalb natürlich, weil ich gestern zu guter Letzt doch nicht am Kursker Bahnhof herausgekommen bin (Quatsch, bin ich gestern nicht hingekommen, komme ich heute hin). Und natürlich schon gar nicht deshalb, weil ich morgens in irgendeinem mysteriösen Treppenhaus aufgewacht bin. (Wie sich herausstellte, habe ich mich gestern in diesem Treppenhaus auf eine Stufe gesetzt, die vierzigste von unten, mein Köfferchen ans Herz gedrückt und bin schließlich so eingeschlafen.) Nein, nicht deshalb ist es ärgerlich. Ärgerlich ist es deshalb: Ich habe eben nachgerechnet, daß ich von der Tschechowstraße bis zu diesem Treppenhaus für weitere sechs Rubel gesoffen habe, aber was und wo habe ich gesoffen? Und in welcher Reihenfolge? War es zu meinem Wohl oder Übel? Das weiß niemand, und jetzt wird es auch niemand mehr erfahren. Wissen wir doch bis heute nicht: hat der Zar Boris den Zarewitsch Dimitrij ermordet oder umgekehrt?

Was war das für ein Treppenhaus? Ich habe immer noch

keine Ahnung. Aber so muß es eben sein. Alles ist so. Alles auf der Welt muß langsam und verkehrt laufen, damit der Mensch nicht hochmütig werde, damit der Mensch traurig und verwirrt sei.
Ich ging hinaus an die Luft, als es schon hell wurde. Jeder weiß, jeder, der einmal in besinnungslosem Zustand in ein fremdes Treppenhaus geriet und es im Morgengrauen verließ, jeder von denen weiß, welche Schwere im Herzen ich jene vierzig Stufen des fremden Treppenhauses hinabtrug und welche Schwere ich an die Luft hinausschleppte.
Macht nichts, macht nichts, sagte ich mir, macht nichts. Hier die Apotheke, siehst du sie? Und dort der Hosenscheißer in der braunen Joppe, der auf dem Trottoir herumkratzt. Den siehst du auch. Na also, dann beruhige dich. Alles geht seinen normalen Gang. Wenn du nach links gehen willst, Wenitschka, dann geh nach links, ich zwinge dich zu nichts. Wenn du nach rechts gehen willst, dann geh nach rechts.
Ich ging nach rechts, leise taumelnd vor Kälte und vor Kummer. Jawohl, vor Kälte und vor Kummer. Oh, diese morgendliche Last im Herzen. Oh, unheilvolle Illusion. Oh, Unverbesserlichkeit. Wovon hat sie mehr, diese Last, die noch keiner benannte? Wovon hat sie mehr? Von Lähmung oder Brechreiz? Von nervöser Erschöpfung oder tödlicher Schwermut irgendwo unweit des Herzens? Und wenn von alledem zu gleichen Teilen, wovon ist da im Endeffekt doch mehr: von Starrkrampf oder Fieberwahn?
Macht nichts, macht nichts, sagte ich mir, schirme dich ab vorm Wind und geh, schön langsam. Und atme ganz selten, ganz selten. Atme so, daß sich beim Gehen die Beine in den Knien nicht verheddern. Und geh irgendwohin. Ganz gleich, wohin. Selbst wenn du nach links gehst, kommst du zum Kursker Bahnhof; und wenn geradeaus, dann kommst du auch zum Kursker Bahnhof, und wenn nach rechts, dann auch zum Kursker Bahnhof. Darum geh

nach rechts, um ganz gewiß hinzukommen. O Vergeblichkeit! O Vergänglichkeit! O du ohnmächtigste und schmachvollste Zeit im Leben meines Volkes – o Zeit zwischen Morgendämmern und Öffnung der Geschäfte! Wieviel zusätzliche graue Strähnen hat sie in uns alle hineingeflochten, in die brünetten Haarschöpfe von uns obdachlosen Melancholikern! Geh, Wenitschka, geh.

Moskau. Platz des Kursker Bahnhofs

Na siehst du, ich habe doch gewußt, was ich sage: wenn du nach rechts gehst, kommst du ganz gewiß zum Kursker Bahnhof. Langweilig war dir in den Gassen, Wenitschka, Rummel wolltest du – da hast du deinen Rummel . . .

Hör doch auf, winkte ich mir selber ab, glaubst du etwa, ich brauche deinen Rummel? Glaubst du etwa, ich brauche deine Leute? Selbst der Erlöser, sogar der sagte, und das zu seiner eigenen Mutter: »Was habe ich mit dir zu schaffen?«, und erst recht ich – was habe ich mit diesen hektischen, widerwärtigen Leuten zu schaffen?

Ich lehne mich lieber gegen die Säule und kneife die Augen zusammen, das hilft gegen den Brechreiz . . .

»*Aber ja, Wenitschka, aber ja*«, begann jemand hoch oben zu singen, ganz leise und so sanft, so sanft, »*kneif die Augen zusammen, das hilft gegen den Brechreiz.*«

Ich erkenne sie! Das sind wieder sie! Die Engel des Herrn! Ihr seid es wieder.

»*Natürlich sind wir es*«, und wieder so sanft . . .!

»Wißt ihr was, Engel?« fragte ich, auch ganz, ganz leise.

»*Was?*« fragten die Engel.

»Es ist so schwer . . .«

»*Aber wir wissen doch, daß es schwer ist*«, sangen die Engel. »*Lauf ein wenig herum, dann wird dir leichter.*

Und in einer halben Stunde öffnet das Geschäft. Wodka gibt es zwar erst ab neun, aber Roten geben sie dir gleich.«
»Roten?«
»Roten«, antworteten singend die Engel des Herrn.
»Schönen kühlen?«
»Schönen kühlen, natürlich . . .«
Wie mich das erregte!
»Herumlaufen, herumlaufen sagt ihr, soll ich, damit mir leichter wird. Aber nach Herumlaufen ist mir nicht. Ihr wißt doch selbst, wie das mit Herumlaufen ist in meinem Zustand . . .«
Darauf schwiegen die Engel, aber dann begannen sie wieder zu singen:
»Weißt du was? Du könntest ins Bahnhofsrestaurant reinschauen. Könnte ja sein, daß es da was gibt. Die hatten gestern abend Sherry, den können sie schließlich an einem Abend nicht ganz ausgetrunken haben . . .!«
»Ja, ja, ja. Ich gehe. Ich gehe gleich. Ich erkenne euch wieder. Ich danke euch, Engel.«
Und sie sangen wieder so leise, leise:
»Zum Wohl, Wenja . . .«
Und dann so sanft, so sanft:
»Es lohnt nicht . . .«
Wie lieb sie sind . . .! Ja dann, auf geht's. Wie gut, daß ich gestern die Gastgeschenke besorgt habe. Ich könnte ja nicht ohne Geschenke nach Petuschki fahren. Ohne Geschenke nach Petuschki – unmöglich. Die Engel waren es, die mich daran erinnert haben, weil die, für die die Geschenke bestimmt sind, selbst an Engel erinnern. Wie gut, daß du gestern die Geschenke gekauft hast . . .
Aber wann hast du sie gestern gekauft? Erinnere dich, geh und erinnere dich.
Ich ging über den Platz, genauer: ich ging nicht, ich wurde gezogen. Zwei- oder dreimal blieb ich wie erstarrt stehen, um meine Übelkeit zu unterdrücken. Denn das Wesen des Menschen umfaßt nicht nur eine physische Seite, es

umfaßt auch eine geistige Seite und darüber hinaus eine mystische, eine übergeistige Seite. Und eben deshalb wartete ich jeden Augenblick darauf, daß mir mitten auf dem Platz von allen drei Seiten speiübel wird. Und wieder blieb ich stehen und erstarrte wieder.
Also noch mal! Wann hast du gestern die Geschenke gekauft? Nach dem Jägerschnaps? Nein, nach dem Jägerschnaps war mir nicht nach Geschenken. Zwischen dem ersten und dem zweiten Jägerschnaps? Auch nicht! Zwischen den beiden war eine Pause von dreißig Sekunden, und ich bin kein Übermensch, um in dreißig Sekunden irgendwas bewerkstelligen zu können. Selbst ein Übermensch würde bereits nach dem ersten Glas Jägerschnaps zu Boden gehen, ohne jemals das zweite Glas geleert zu haben ... Also, wann bloß? Gütiger Gott, wie viele Geheimnisse gibt es auf der Welt! Ein undurchdringlicher Schleier von Geheimnissen! Vor dem Korianderschnaps oder zwischen dem Bier und dem Alb-de-dessert?

Moskau. Restaurant des Kursker Bahnhofs

Nein, bestimmt nicht zwischen dem Bier und dem Alb-de-dessert, da war ganz entschieden keine Pause. Aber vor dem Korianderschnaps, ja, das wäre gut möglich. Am ehesten war es sogar so: die Nüsse habe ich vor dem Korianderschnaps gekauft und die Pralinen – die danach. Aber vielleicht war es auch umgekehrt. Als ich den Korianderschnaps ausgetrunken hatte, habe ich ...
»Alkoholisches gibt es nicht«, sagte der Rausschmeißer und besah mich wie einen krepierten Vogel oder ein dreckiges Hahnenfußgewächs.
»Es gibt nichts Alkoholisches!«
Ich sackte zwar völlig in mich zusammen vor Verzweiflung, brachte es aber dennoch irgendwie fertig zu mur-

meln, daß ich weiß Gott nicht deswegen hier sei. Woher will der denn wissen, warum ich hier bin? Vielleicht geht der Expreß nach Perm aus irgendwelchen Gründen nicht nach Perm, und deshalb bin ich hergekommen: um ein Boeuf Stroganoff zu essen und dabei Iwan Koslowskij zu hören oder irgendwas aus dem »Barbier«.
Mein Köfferchen hatte ich für alle Fälle mitgenommen und drückte es in Erwartung der Bestellung ans Herz, wie jüngst im Hauseingang.
Es gibt nichts Alkoholisches! Himmlische Mutter! Dabei soll der Sherry hier nie ausgehen, wenn man den Engeln glauben darf. Und nun nichts als Musik, und selbst die mit irgendwelchen jaulenden Modulationen. Das ist doch in der Tat Iwan Koslowskij, der da singt. Ich hab ihn ja gleich erkannt, es gibt keine gräßlichere Stimme als seine. Die Sänger haben alle gleich gräßliche Stimmen, nur jeder auf seine Weise. Deshalb unterscheide ich sie leicht nach dem Gehör. Na klar ist das Iwan Koslowskij ... »O-o-o du Kelch meiner A-a-ahnen ... O-o-o laß mich dich ansehn im Schein der nächtlichen Stä-ä-ärne ...« Na klar ist das Iwan Koslowskij. »O-o-o warum bin ich verza-a-aubert von dir ... Verschmä-ähe mich nicht ...«
»Wollen Sie irgendwas bestellen?«
»Was haben Sie denn? Nur Musik?«
»Wieso nur Musik? Es gibt Boeuf Stroganoff, Torte, Euter ...«
Ich kämpfte wieder mit dem Brechreiz.
»Und Sherry?«
»Sherry nicht.«
»Interessant. Euter gibt es, und Sherry nicht!«
»Seeehr interessant. Ja. Euter gibt es, und Sherry nicht.«
Und man ließ mich allein. Ich begann, um meine Übelkeit zu unterdrücken, den Lüster über meinem Kopf zu betrachten.
Ein schöner Lüster. Aber ein bißchen arg schwer. Wenn der jetzt abreißt und jemandem auf den Kopf fällt – das

würde furchtbar weh tun ... Doch nein, wahrscheinlich würde es gar nicht weh tun: während er abreißt und fliegt, sitzt du nichts ahnend da und trinkst zum Beispiel Sherry. Und wenn er dich erreicht hat, bist du schon nicht mehr unter den Lebenden. Ein schwerer Gedanke: Du sitzt da und von oben auf dich drauf – der Lüster. Ein sehr schwerer Gedanke ...

Doch nein, warum schwer? ... Angenommen, du sitzt da nach einer durchzechten Nacht und trinkst Sherry, und es fehlt dir nur noch ein einziger Schluck, um wieder klar im Kopf zu werden – und da saust dir der Lüster auf den Kopf – ja, das ist wirklich schwer ... Ein erdrückender Gedanke. Ein Gedanke, den nicht jeder ertragen kann. Besonders mit Brummschädel.

Aber wärst du vielleicht mit folgendem Vorschlag einverstanden? Wir bringen dir jetzt achthundert Gramm Sherry, und dafür hängen wir über deinem Kopf den Lüster aus und ...

»Na, haben Sie sich's überlegt? Wollen Sie was bestellen?«

»Sherry bitte, achthundert Gramm.«

»Voll wie du bist! Wie deutlich soll man es eigentlich noch sagen: Wir haben keinen Sherry!«

»Dann ... dann warte ich ..., bis Sie doch noch welchen kriegen ...«

»Ja, warte nur, lang kann es nicht mehr dauern! ... Gleich sollst du deinen Sherry haben!«

Und man ließ mich wieder allein. Ich sah dieser Frau mit Abscheu nach. Besonders auf ihre nahtlosen weißen Strümpfe. Eine Naht hätte mich versöhnt, hätte vielleicht Seele und Gewissen erleichtert ...

Warum sind die alle nur so grob? Grob, ausgesprochen grob besonders in den Momenten, wenn man nicht grob sein darf, wenn die Nerven ohnehin in Aufruhr sind vom Alkohol, wenn der Mensch kleinmütig und still ist. Warum? Ach, wenn die ganze Welt, wenn jeder in der

Welt so wäre wie ich jetzt: still und ängstlich und so wie ich von nichts überzeugt; nicht von sich selbst, nicht davon, daß sein Platz unter der Sonne irgendwelche Bedeutung hat – wie schön wäre das! Keine Enthusiasten, keine Heldentaten, kein Fanatismus! Allgemeine Kleinmütigkeit. Ich wäre bereit, eine ganze Ewigkeit auf der Welt zu leben, wenn man mir vorher einen Winkel zeigen würde, wo kein Platz für Heldentaten ist. »Allgemeine Kleinmütigkeit« – ja, das wäre die Rettung aus aller Not, ein Allheilmittel, das Prädikat höchster Vollkommenheit! Und was die treibende Kraft im Menschen betrifft...

»Wer wollte hier Sherry?!«

Über mir zwei Frauen und ein Mann, alle drei in Weiß. Ich hob meine Augen zu ihnen auf – oh, wieviel Unflätigkeit und Verworrenheit mußte in meinen Augen gestanden haben. Ich konnte das an ihren Augen ablesen, weil sich in ihren Augen die gleiche Unflätigkeit und Verworrenheit widerspiegelten... Ich knickte völlig zusammen und verlor jeglichen Mut.

»Ich... ich hab ja nichts gesagt. Wenn es keinen Sherry gibt, dann eben nicht. Ich warte ein wenig... ich bin nur so hier...«

»Was heißt nur so?... Worauf warten Sie ein wenig?«

»Ich? So gut wie auf nichts... Ich fahre nur einfach nach Petuschki, zu meinem Mädchen (ha, ha! zu meinem Mädchen!) – hier, ich hab Geschenke für sie gekauft...«

Sie, die Folterknechte, warteten, was ich noch sagen würde.

»Ich... ich bin aus Sibirien, ich bin Waise... Ich wollte nur, nur damit mir nicht so übel ist... ein wenig Sherry.«

Mit dem Sherry hätte ich nicht wieder anfangen sollen! Der wirkte wie eine Bombe. Alle drei packten sie mich unter den Armen und durch den ganzen Saal – Schmach und Schande! – durch den ganzen Saal zerrten sie mich

und stießen mich hinaus. Hinterher das Köfferchen mit den Geschenken – auch das stießen sie hinaus.
Wieder an die Luft. O unendliches Nichts! O Krokodilsrachen des Lebens!

Moskau. Zum Zug mit Umweg über das Geschäft

Was danach war – vom Restaurant bis zum Geschäft und vom Geschäft bis zum Zug –, das läßt sich mit Worten nicht wiedergeben. Ich habe auch nicht vor, es zu tun. Und wenn die Engel es tun wollten, so würden sie einfach in Tränen ausbrechen und kein einziges Wort sagen können.
Machen wir es lieber so – ehren wir diese zwei tödlichen Stunden mit einer Schweigeminute. Denke an diese Stunden, Wenitschka. Denke an sie in Tagen größter Begeisterung und sprühender Lebensfreude. Vergiß sie nicht in Minuten der Seligkeit und des Entzückens. Das darf sich nicht wiederholen. Ich wende mich an alle Verwandten und nahen Bekannten, an alle Menschen, die guten Willens sind, ich wende mich an alle, deren Herz offen ist für Poesie und Mitgefühl:
Haltet inne! Bleibt mit mir stehen, und laßt uns zusammen mit einer Schweigeminute das ehren, was unaussprechlich ist. Solltet ihr zufällig eine alte Hupe zur Hand haben, dann hupt. Also, ich bleibe auch stehen. Genau eine Minute. Ich stehe wie eine Säule mitten auf dem Platz des Kursker Bahnhofs und starre mit verschleierten Augen auf die Bahnhofsuhr. Meine Haare wehen mal im Wind, mal stehen sie zu Berge, dann wieder wehen sie im Wind. Taxis umschwirren mich von allen vier Seiten. Menschen hasten vorbei. Sie schauen finster drein und überlegen wahrscheinlich: Sollen wir ihn in Stein mei-

ßeln, den alten Völkern zur Mahnung, so wie er da steht, oder lieber nicht?

Die Stille wird nur von einem heiseren Frauenbaß durchbrochen, der von nirgendwoher kommt:

»Achtung! Achtung! Um acht Uhr sechzehn fährt auf Gleis vier der Zug nach Petuschki ab. Der Zug hält in Hammer-und-Sichel, Tschuchlinka, Reutowo, Shelesnodoroshnaja, danach in allen Ortschaften, außer Jessino.«

Ich aber verharre weiter in meiner Stellung.

»Ich wiederhole! Um acht Uhr sechzehn fährt auf Gleis vier der Zug nach Petuschki ab. Der Zug hält in Hammer-und-Sichel, Tschuchlinka, Reutowo, Shelesnodoroshnaja, danach in allen Ortschaften, außer Jessino.«

So, das wär's. Die Minute ist abgelaufen. Jetzt bestürmt ihr mich natürlich alle mit Fragen: »Du kommst doch aus dem Geschäft, Wenitschka, nicht wahr?«

»Ja«, antworte ich euch, »aus dem Geschäft«, und setze meinen Weg in Richtung Bahnsteig fort, den Kopf nach links geneigt.

»Dein Köfferchen ist jetzt schwer, nicht wahr? Und in deiner Brust erklingt eine Schalmei. Ist es nicht so?«

»Nun, wie soll man das erklären«, sage ich, den Kopf nach rechts geneigt. »Das Köfferchen ist wirklich sehr schwer. Und was die Schalmei betrifft, so ist es noch zu früh . . .«

»Nun sag schon, Wenitschka, was hast du gekauft? Es interessiert uns schrecklich.«

»Aber ich verstehe doch, daß es euch interessiert. Gleich, gleich zähle ich es auf: erstens zwei Flaschen Kubanskaja zu je zwei zweiundsechzig, macht fünf vierundzwanzig. Weiter: zwei Viertel Rossijskaja zu je einem Rubel vierundsechzig, macht fünf vierundzwanzig plus drei achtundzwanzig. Acht Rubel und zweiundfünfzig Kopeken. Und noch so einen Roten. Gleich sag ich's euch. Ja — einen hochprozentigen Rosé für einen Rubel siebenunddreißig.«

»So, so, so«, sagt ihr, »und die Endsumme? Das ist nämlich alles schrecklich interessant ...«
»Gleich sage ich euch die Endsumme.«
»Die Endsumme ist neun Rubel neunundachtzig Kopeken«, sage ich, während ich den Bahnsteig betrete. »Allerdings noch nicht ganz. Ich habe nämlich noch zwei belegte Brote gekauft, um nicht kotzen zu müssen.«
»Du wolltest sagen, Wenitschka: ›damit mir nicht schlecht wird‹?!«
»Nein, was ich gesagt habe, hab ich gesagt. Die erste Dosis vertrage ich nicht ohne belegtes Brot, sonst muß ich kotzen. Aber die zweite und dritte, die kann ich pur trinken, weil mir zwar schlecht davon werden kann, aber kotzen tu ich auf keinen Fall mehr. Und so geht's bis zur neunten. An dieser Stelle wird wieder ein belegtes Brot fällig.«
»Warum? Wird dir wieder schlecht?«
»Aber nicht doch. Schlecht wird mir auf keinen Fall mehr, es könnte nur sein, daß ich kotzen muß.«
Ihr alle schüttelt natürlich nur so die Köpfe. Ich sehe es sogar von hier, vom nassen Bahnsteig, wie ihr alle, verstreut auf meinem Planeten, die Köpfe schüttelt und anfangt zu spötteln: »Wie diffizil das alles ist, Wenitschka, wie feinsinnig!«
»Und ob.«
»Wie exakt gedacht! Und ist das alles?! Ist das alles, was du brauchst, um glücklich zu sein? Und sonst nichts?«
»Was heißt denn hier sonst nichts?« sage ich, während ich ins Abteil hineingehe. »Hätte ich mehr Geld, hätte ich noch Bier und ein paar Portweine genommen, aber so ...«
Jetzt ist es ganz aus bei euch.
»O-o-o-o Wenitschka!« stöhnt ihr, »o-o-o du Primitivling!«
»Na, und wenn schon. Meinetwegen Primitivling«, sage ich. »Und hiermit höre ich auf, mit euch zu reden. Mei-

netwegen Primitivling! Ich antworte nicht mehr auf eure Fragen. Ich setze mich lieber hin, drücke mein Köfferchen ans Herz und schau ein bißchen aus dem Fenster. So. Meinetwegen Primitivling!«

Aber ihr laßt nicht locker:

»Was ist denn? Bist du beleidigt?«

»Ach was«, antworte ich.

»Sei nicht gekränkt, wir wollen nur dein Bestes. Aber warum drückst du bloß dauernd deinen Koffer ans Herz, du Trottel? Etwa weil Wodka drin ist?«

»Jetzt bin ich aber wirklich beleidigt. Was hat das denn mit dem Wodka zu tun?«

»Bürger Passagiere, unser Zug fährt ab nach Petuschki. Wir halten in Hammer-und-Sichel, Tschuchlinka, Reutowo, Shelesnodoroshnaja, danach in allen Ortschaften, außer Jessino.«

»Wirklich, was hat denn das mit dem Wodka zu tun? Was habt ihr bloß mit eurem Wodka? Wenn ihr so wollt, habe ich das Köfferchen schließlich auch im Restaurant ans Herz gedrückt, und da war noch kein Wodka drin. Und im Treppenhaus, wenn ihr euch erinnert, habe ich es auch gedrückt, und da hat es nicht einmal nach Wodka gerochen! ... Aber wenn ihr alles wissen wollt, dann kann ich es euch erzählen, wartet nur ab. Laßt mich erst einmal meinen Kater hinunterspülen in Hammer-und-Sichel, dann ...

Moskau – Hammer-und-Sichel

... dann erzähle ich euch alles. Geduldet euch noch ein wenig. Ich gedulde mich schließlich auch!«

Natürlich halten die mich alle für einen miesen Typ. Morgens und immer dann, wenn der Rausch nachläßt, bin ich ja der gleichen Meinung. Aber man kann ja

schließlich auf die Meinung eines Menschen nichts geben, der noch nicht dazu gekommen ist, sich den Kopf klarzutrinken. Aber dafür an den Abenden – welche Abgründe sind da in mir! –, vorausgesetzt natürlich, daß ich mich im Laufe des Tages habe ordentlich vollaufen lassen – welche Abgründe sind in mir an den Abenden!
Aber meinetwegen. Meinetwegen, bin ich eben ein mieser Typ. Ich stelle überhaupt immer wieder eines fest: Wenn der Mensch sich morgens elend fühlt und abends voller Ideen, Phantasien und Aktivitäten ist – das kann nur ein ziemlich mieser Typ sein. Morgens schlecht, abends gut – der typische Miesling. Aber umgekehrt, wenn der Mensch morgens dynamisch ist und voller Hoffnungen und abends lahm vor Erschöpfung – das ist garantiert eine Mißgeburt von Mensch, ein Stümper, nichts Halbes und nichts Ganzes. Widerwärtig ist mir dieser Mensch. Ich weiß nicht, wie ihr so einen findet, mir ist er jedenfalls widerwärtig.
Natürlich gibt es auch solche, denen alles gleich lieb ist, ob Morgen, ob Abend. Sie freuen sich, wenn die Sonne aufgeht, und sie freuen sich, wenn die Sonne untergeht. Aber das müssen ja völlig verkommene Subjekte sein, es kotzt einen an, überhaupt davon zu reden. Und dann erst solche, die alles gleich mies finden, ob Morgen, ob Abend. Für die fehlen mir einfach die Worte. Dreckschleudern sind das, der vollendete Abschaum. Weil nämlich die Geschäfte bei uns bis um neun geöffnet haben, und das Jelissejewskij sogar bis um elf. Und wenn du kein Abschaum bist, dann wirst du dich gegen Abend irgendwie erheben, damit sich wenigstens ein winziger Abgrund in dir auftun kann . . .
So, was habe ich da?
Ich nahm aus dem Köfferchen alles heraus, was ich hatte, und befühlte es. Angefangen vom belegten Brot bis zum hochkarätigen Rosé für einen Rubel siebenunddreißig. Ich befühlte es und empfand plötzlich eine fürchterliche

Qual, die mich erblassen ließ. Mein Gott, da siehst Du, was ich besitze. Aber brauche ich denn *das*? Sehnt sich mein Herz denn *danach*? *Das* also haben mir die Leute gegeben als Ersatz für *jenes*, wonach mein Herz sich sehnt! Hätten sie mir *jenes* gegeben, würde ich dann *das* noch brauchen? Sieh, Herr: der hochprozentige Rosé für einen Rubel siebenunddreißig . . .
Und der Herr, von blauen Blitzen umzuckt, antwortete mir: »Wozu braucht denn die heilige Theresia ihre Stigmata? Die braucht sie doch schließlich auch nicht. Aber sie wünscht sie sich.«
»Ganz genau, ganz genau«, antwortete ich begeistert. »So auch bei mir, ich wünsche es mir, aber brauchen tu ich es überhaupt nicht!«
Na also, wenn du es dir wünschst, Wenitschka, dann trink, dachte ich leise, aber zögerte immer noch. Wird mir der Herr noch etwas sagen oder nicht?
Der Herr schwieg.
Nun gut. Ich nahm das Viertelchen und ging hinaus auf die Plattform. So. Mein Geist hat viereinhalb Stunden in Gefangenschaft gelitten, jetzt lasse ich ihn ein wenig lustwandeln. Ein Glas ist da, und ein belegtes Brot ist da, *damit mir nicht schlecht wird.* Und eine Seele ist da, die noch einen winzigen Spalt zur Umwelt geöffnet ist. Teile mit mir die Tafel, o Herr.

Hammer-und-Sichel — Karatscharowo

Und ich trank unverzüglich.

Karatscharowo — Tschuchlinka

Ihr seht selbst, wie lange ich nach dem Trinken Grimassen schneiden mußte, um den Brechreiz zu unterdrücken, wie lange ich fluchen und des Teufels Großmutter anrufen mußte. Waren es fünf Minuten, waren es sieben Minuten oder war es eine ganze Ewigkeit, während ich von Wand zu Wand torkelte, die Hand an der Gurgel, und Gott anflehte, mich zu verschonen.

Bis nach Karatscharowo, von Hammer-und-Sichel bis nach Karatscharowo, hörte Gott mein Flehen nicht. Der Rossijskaja ballte sich mal irgendwo zwischen Leib und Speiseröhre, mal quoll er ungestüm nach oben und sank wieder. Es war wie der Vesuv von Pompeji und Herculaneum, wie die Böllerschüsse zum Ersten Mai in der Hauptstadt meines Landes. Und ich litt und betete.

Aber erst in Karatscharowo erhörte und erlöste mich mein Gott. Alles legte und beruhigte sich. Und wenn sich bei mir einmal irgendwas beruhigt und gelegt hat, dann ist das unwiderruflich. Glaubt mir. Ich achte die Natur, es wäre nicht schön, ihr ihre Gaben zurückzugeben ... Ja.

Ich strich meine Haare glatt, so gut es ging, und kehrte ins Abteil zurück. Die Passagiere sahen mich teilnahmslos an, mit runden nichtssagenden Augen ...

Mir gefällt das. Es gefällt mir, daß das Volk meines Landes so leere und vorstehende Augen hat. Es erfüllt mich mit dem Gefühl legitimen Stolzes. Man stelle sich vor, wie die Augen dort sind. Wo man alles kaufen und verkaufen kann ... tief in ihren Höhlen versteckte, verborgene, habgierige und verängstigte Augen ... Geldentwertung, Arbeitslosigkeit, Verelendung ... Mißtrauisch blikkende Augen, erfüllt von immerwährender Sorge und Qual – so sehen die Augen aus in der Welt des Mammon ...

Und im Vergleich mein Volk – was für Augen! Fortwährend nach außen gedreht, aber ohne jede Anspannung. Ohne jeden Sinn, aber dafür – welche Potenz! (Welche Potenz des Geistes!) Diese Augen verkaufen nicht. Sie verkaufen nichts, und sie kaufen nichts. Was immer mit meinem Land passieren würde. In Tagen des Zweifels, in Tagen erdrückender Unsicherheit, in Zeiten der Prüfung und Heimsuchung – diese Augen zucken nicht mit der Wimper. Sie lassen den lieben Gott walten. Mir gefällt mein Volk. Ich bin glücklich, daß ich unter den Blicken dieser Augen geboren und zum Mann herangereift bin. Schlimm ist nur eins: Könnten sie nicht beobachtet haben, was ich eben draußen auf der Plattform aufgeführt habe ... von einer Ecke in die andere purzelnd, wie der große Tragöde, Fjodor Schaljapin, mit der Hand an der Gurgel, als hätte mich etwas gewürgt?

Und wenn schon, was soll's. Selbst wenn es einer gesehen hat – was soll's. Ich könnte zum Beispiel irgendwas geprobt haben. Ja ... In der Tat. Vielleicht das unsterbliche Drama »Othello, der Mohr von Venedig«. Für mich allein und alle Rollen gleichzeitig. Ich war mir zum Beispiel selber untreu geworden, meinen Grundsätzen; genauer, in mir war plötzlich der Verdacht aufgestiegen, daß ich mir selber und meinen Grundsätzen untreu geworden sein könnte; ich flüsterte mir etwas ein über mich – o, Schreckliches flüsterte ich mir ein! –, und nun habe ich, obwohl um der bestandenen Gefahren willen in Nächstenliebe zu mir selbst entbrannt, den Entschluß gefaßt, mich zu erwürgen. Habe mich an der Gurgel gepackt und gewürgt. Warum denn nicht? Und überhaupt, ich könnte schließlich sonstwas gemacht haben da draußen!

Dort rechts, am Fenster, die beiden. Der eine so ein ganz, ganz Stumpfsinniger mit Joppe. Und der andere so ein ganz, ganz Gescheiter im Covercoat. Bitte sehr, die schenken ein und trinken, ohne sich im geringsten zu genieren. Die rennen nicht auf die Plattform hinaus, verrenken sich nicht die Hände. Der Stumpfsinnige kippt einen, grunzt und sagt: »Ah! Die rinnt wie geölt, die Pisse!« Dann der Gescheite, kippt einen und sagt: »Trans-zen-den-tal!« Und mit so feierlicher Stimme! Der Stumpfsinnige schiebt sich ein Stück Wurst in den Mund und

sagt: »Unsere Wurst heute – ein Gedicht! Eine Wurst vom Typ ›Selber essen macht fett‹.« Der Gescheite kaut und sagt: »Ja-a-a ... Trans-zen-den-tal ...!«
Es ist erstaunlich! Ich komme ins Abteil, sitze da und werde von Zweifeln geplagt, für wen sie mich wohl halten – für den Mohr oder nicht für den Mohr?, denken sie schlecht oder gut von mir? Und die – trinken drauflos, völlig unverblümt, als wären sie die Krone der Schöpfung. Trinken im Bewußtsein ihrer Erhabenheit über den Rest der Welt ... »Eine Wurst vom Typ ›Selber essen macht fett‹« ... Wenn ich morgens einen Schluck riskiere, um den Kater zu verscheuchen, verstecke ich mich vor Gott und der Welt, weil das die intimste aller Intimitäten ist! ... Trinke ich vor der Arbeit – verstecke ich mich. Trinke ich während der Arbeit – verstecke ich mich ... und die!! »Trans-zen-den-tal!«
Mein Feingefühl schadet mir nur, es hat mir meine ganze Jugend verpfuscht. Meine Kindheit und die Zeit meiner Pubertät ... Oder vielmehr: Das liegt gar nicht am Feingefühl, sondern einfach daran, daß ich die Intimsphäre grenzenlos erweitert habe. Wie oft schon hat mir das Unglück gebracht ...
Da kann ich euch zum Beispiel folgendes erzählen. Ich weiß noch, wie ich so vor zehn Jahren nach Orechowo-Sujewo gezogen bin. Zu der Zeit, als ich da hinzog, wohnten in meinem Zimmer schon vier Leute, ich war der fünfte. Wir waren ein Herz und eine Seele, nie gab es Streit. Wenn einer Portwein trinken wollte, stand er auf und sagte: »Kinder, ich will Portwein trinken.« Und alle sagten: »Gut. Trinke Portwein. Wir trinken mit dir zusammen Portwein.« Wenn jemand nach Bier war, war den anderen auch nach Bier.
Wunderbar. Aber plötzlich stellte ich fest, daß die vier mich irgendwie *mieden*, heimlich tuschelten, mir nachsahen, wenn ich wo hinging. Merkwürdig fand ich das und etwas beunruhigend. In ihren Gesichtern las ich Be-

sorgnis und beinahe Furcht ... Ich marterte mir das Hirn. Was war los? Was sollte das?

Und dann kam der Abend, an dem ich begriff, was los war und was das sollte. An jenem Tag war ich überhaupt nicht vom Bett hochgekommen. Ich hatte Bier getrunken und war traurig geworden. Ich lag da, einfach so, und blies Trübsal.

Da sehe ich, wie sich alle vier leise an mich heranschleichen. Zwei setzen sich auf die Stühle am Kopfende meines Bettes, zwei ans Fußende. Sie sehen mich mit vorwurfsvollen Blicken an, und in ihren Augen steht die Erbitterung der Menschen, die ein Geheimnis, das ein anderer in sich birgt, nicht erfassen können ...

»Hör mal«, sagten sie, »laß das lieber.«

»Was soll ich lassen?« fragte ich verwundert und erhob mich etwas.

»Hör auf, dir einzubilden, daß du was Besseres bist als die anderen ... daß wir kleine Pinscher sind und du Kain und Manfred ...«

»Wie kommt ihr denn auf so was?«

»Das wirst du schon noch merken. Hast du heute Bier getrunken?«

Tschuchlinka — Kuskowo

»Hab ich.«

»Viel?«

»Ja, viel.«

»Also, dann steh auf und geh.«

»Wohin denn?«

»Tu nicht so, als wüßtest du das nicht! Man könnte meinen, wir seien Gewürm und du Kain und Manfred ...«

»Entschuldigt bitte«, sagte ich, »das habe ich nie behauptet ...«

»Hast du doch. Seit du zu uns gezogen bist, behauptest

du das jeden Tag. Nicht mit Worten, sondern durch Taten. Und nicht einmal durch Taten, sondern durch ihre Unterlassung. Du behauptest es *negativ* ...«

»Was für Taten? Was für eine Unterlassung?« Mir fielen vor Verblüffung fast die Augen aus dem Kopf ...

»Ist doch bekannt, was für Taten. Hinter den Busch gehst du nicht, das ist es. Wir haben es gleich gewußt: irgendwas stimmt nicht mit dir. Seit du hier eingezogen bist, hat keiner von uns jemals gesehen, daß du zur Toilette gegangen wärst. Was das große Geschäft betrifft, das geht ja noch! Aber kein einziges Mal ein kleines Geschäft – nicht einmal ein kleines!«

Und alles dies sagten sie ohne zu lächeln, in tödlich beleidigtem Ton.

»Nein, Kinder, ihr habt mich falsch verstanden ...«

»Nein, wir haben dich richtig verstanden ...«

»Nein, eben nicht. Ihr habt mich nicht verstanden. Ich kann doch nicht so wie ihr vom Bett aufstehen und lauthals verkünden: ›So, Kinder, ich geh ... keln!‹ Oder: ›So, Kinder, ich geh ... sen!‹ Das kann ich doch nicht ...«

»Aber warum denn nicht? Wir können, und du nicht! Soll das heißen, daß du was Besseres bist als wir? Wir sind Stinktiere, und du bist wie eine Lilie ...!«

»Aber nein doch ... Wie soll ich euch das erklären ...«

»Du brauchst uns nichts zu erklären. Uns ist alles klar.«

»Hört doch mal zu ... begreift doch ... es gibt Dinge auf dieser Welt ...«

»Wir wissen so gut wie du, welche Dinge es gibt und welche nicht ...«

Da half nichts mehr. Sie durchlöcherten mich mit ihren finsteren Blicken, und ich begann aufzugeben.

»Sicher, ich kann auch ... ich könnte auch ...«

»Da haben wir's ja. Du kannst also so wie wir. Aber wir können nicht so wie du. Du kannst alles, du bist Manfred, du bist Kain, und wir sind Rotze für dich ...«

»Aber nein, nein ...« Ich war völlig durcheinander. »In

dieser Welt gibt es Dinge ... es gibt Sphären ... so einfach ist das doch nicht: aufstehen und wo hingehen. Wegen der Selbstbeschränkung wahrscheinlich ... Es gibt so ein unantastbares Schamgefühl seit Iwan Turgenjew ... und dann Alexander Herzens Schwur auf den Sperlingsbergen ... Und nach alledem soll man aufstehen und einfach sagen: So, Kinder ... Das ist irgendwie beleidigend ... Wenn da jemand zart besaitet ist ...«
Sie sahen mich alle vier vernichtend an. Ich zuckte mit den Schultern und verstummte hoffnungslos.
»Laß das mit Iwan Turgenjew. Da haben wir grade auf dich gewartet. Den haben wir selbst gelesen. Sag uns lieber eins: Hast du heute Bier getrunken?«
»Ja, hab ich.«
»Wie viele Krüge?«
»Zwei große und einen kleinen.«
»Also, dann steh auf und geh. Damit wir alle es sehen können, daß du gehst. Hör auf, uns zu erniedrigen und zu schikanieren. Steh auf und geh.«
Was blieb mir? Ich stand auf und ging. Nicht um mich zu erleichtern, sondern um sie zu erleichtern. Und als ich zurückkam, sagte mir einer von ihnen: »Mit einer so schandbaren Einstellung wirst du immer allein und unglücklich sein.«
Ja. Er hatte völlig recht. Ich verstehe die meisten Absichten Gottes, aber warum er mich mit so viel Keuschheit ausgestattet hat, das ist mir bis heute unerklärlich. Und was am lachhaftesten daran ist: diese Keuschheit wird so verkehrt ausgelegt, daß man mir die einfachsten Umgangsformen abspricht. Zum Beispiel in Pawlowo.
Man führt mich zu den Damen hin und stellt mich vor:
»Das ist dieser berühmte Wenitschka Jerofejew. Er ist durch vieles berühmt. Aber am meisten natürlich dadurch, daß er in seinem ganzen Leben noch nie einen Furz gelassen hat ...«
»Was? Keinen einzigen?« wundern sich die Damen.

Ich werde natürlich verlegen. Ich werde immer verlegen in Gegenwart von Damen. Ich sage:
»Nun ja, was heißt keinen einzigen? Manchmal – immerhin ...«
»Was?« die Damen wundern sich noch mehr. »Jerofejew und ... Nicht auszudenken! ... ›Manchmal immerhin‹!«
Das macht mich vollends kopfscheu, und ich antworte:
»Na ja ... was ist denn schon dabei ... Einen Furz lassen, das ist doch ... Furzen ist doch nichts Phänomenales ... Das ist doch mehr noumenal ...«
»Stellen Sie sich das vor!« geraten die Damen außer sich. Und dann posaunen sie es überall herum: »Er macht alles so, daß man es hören kann, und sagt, daß er es nicht *schlecht* macht! Daß er es *gut* macht!«
Da seht ihr es. So geht es das ganze Leben. Das ganze Leben schwebt dieses Unheil über mir. Ein Unheil, das nicht darin besteht, daß man mich mißversteht, nein, nicht darin, daß man mich mißversteht, das ginge ja noch!, sondern immer *ganz exakt verkehrt herum,* nämlich völlig schweinisch, das heißt *antinomisch.*
Ich könnte zu diesem Thema viel erzählen, aber wenn ich alles erzählen wollte, würde sich das bis Petuschki hinziehen. Besser, ich erzähle nicht alles, sondern nur einen einzigen Fall, weil der noch am frischesten ist: er handelt davon, wie man mich vor einer Woche vom Brigadiersposten entfernt hat wegen »Einführung eines anstößigen Systems persönlicher Diagramme«. Unsere gesamte Moskauer Verwaltung ist fassungslos vor Entsetzen über diese Diagramme. Was daran so entsetzlich sein soll, ist mir allerdings unbegreiflich.
Doch wo sind wir eigentlich gerade ...?
Kuskowo! Wir preschen durch Kuskowo ohne Aufenthalt. Darauf sollte ich noch einen trinken, aber ich erzähle euch lieber erst

und gehe dann einen trinken.

Also. Vor einer Woche haben sie mich vom Brigadiersposten gefeuert, den sie mir vor fünf Wochen zugewiesen hatten. In vier Wochen, das wißt ihr selbst, lassen sich keine einschneidenden Neuerungen durchführen, und ich habe auch keinerlei einschneidende Neuerungen durchgeführt. Wenn einer trotzdem meinte, ich hätte welche durchgeführt, steht doch fest, daß man mich nicht wegen der einschneidenden Neuerungen an die Luft gesetzt hat.

Die Sache fing ganz einfach an. Vor meiner Zeit sah unser Produktionsprozeß folgendermaßen aus: morgens setzten wir uns hin und spielten Sika, um Geld (könnt ihr Sika spielen?). So. Dann standen wir auf, rollten das Kabel von der Trommel und verlegten es unter der Erde. Danach ging es weiter wie bekannt: wir setzten uns wieder hin, und jeder schlug die Freizeit auf seine eigene Art und Weise tot, denn immerhin hat jeder seine eigenen Wünsche und sein individuelles Temperament: der eine trank Wermut, ein anderer, etwas Einfacherer, Eau de Cologne »Frische«, und einer mit höheren Ansprüchen saß auf dem internationalen Flughafen Scheremetjewo und trank Cognac. Dann legten wir uns schlafen.

Und am nächsten Morgen ging es so: zuerst setzten wir uns hin und tranken Wermut. Dann standen wir auf, zogen das gestrige Kabel aus der Erde heraus, weil es inzwischen natürlich völlig durchnäßt war, und warfen es weg. Und dann – na ja – dann setzten wir uns wieder hin und spielten Sika, um Geld. Schließlich legten wir uns schlafen, ohne die Partie zu Ende gespielt zu haben.

Zeitig morgens weckten wir einander: Lecha! Steh auf, Sika spielen! Stassik, steh auf, wir müssen die Partie zu Ende spielen. Wir standen auf und spielten die angefangene Sika zu Ende. Und dann, ganz gleich, wie zeitig es noch sein mochte, ohne von der »Frische« oder vom

Wermut zu trinken, packten wir die Trommel mit dem Kabel und rollten es ab, damit es bis zum nächsten Tag feucht und unbrauchbar würde. Erst danach begann für jeden seine Freizeit, weil ja jeder seine eigenen Vorstellungen hat. Und dann fing alles wieder von vorne an.

Als ich Brigadier wurde, brachte ich diesen Prozeß auf den denkbar einfachsten Nenner. Jetzt gingen wir so vor: einen Tag spielten wir Sika, den anderen wurde Wermut getrunken. Am dritten Tag war wieder Sika an der Reihe und am vierten wieder Wermut. Der mit Intellekt kam jetzt fast überhaupt nicht mehr vom Flughafen Scheremetjewo zurück, er trank nur noch Cognac. Die Trommel rührten wir natürlich mit keinem Finger mehr an, und selbst wenn ich vorgeschlagen hätte, sie anzurühren, wären alle in schallendes Gelächter ausgebrochen und hätten mich mit den Fäusten ins Gesicht geschlagen. Na, und dann hätte sich alles aufgelöst: die einen wären wieder Sika spielen gegangen, um Geld, die anderen Wermut trinken, und die dritten »Frische«.

Eine Zeitlang lief alles großartig: Einmal im Monat schickten wir denen in die Verwaltung eine Liste unserer Zielsetzungen im sozialistischen Wettbewerb und sie uns zweimal im Monat das Gehalt. Wir schrieben zum Beispiel: Aus Anlaß der bevorstehenden Hundertjahrfeier verpflichten wir uns, den Betriebsunfällen ein Ende zu machen. Oder so: Aus Anlaß des glorreichen hundertsten Jahrestages wollen wir durchsetzen, daß jeder sechste am Fernunterricht einer Hochschule teilnimmt ... Aber wie hätte es bei uns zu Unfällen kommen sollen (wo wir doch den lieben langen Tag Sika spielten) und auch das mit den Fernkursen war kein Risiko (wir waren ja nur fünf) ...

O Freiheit und Gleichheit! O Brüderlichkeit und Schmarotzertum! O Wonne, keiner Rechenschaft zu unterliegen! O glückseligste Zeit im Leben meines Volkes — o Zeit zwischen Öffnung und Schließung der Geschäfte!

Wir legten alle Scham und weitere Sorgen ab und lebten nur noch für geistige Werte. Ich erweiterte ihnen den Horizont so gut ich konnte, und diese Erweiterung machte ihnen großes Vergnügen, besonders dann, wenn es um Israel und die Araber ging. Sie waren restlos begeistert von Israel, von den Arabern und insbesondere von den Golanhöhen. Abba Eban, Moshe Dayan und Ben Gurion wurden Gesprächsthema Nummer eins. Morgens kommen sie von ihren Nutten, und einer fragt den andern: »Na, wie? Die Abba von Zimmer dreizehn, hat sie's dir gegeben hurion?« Und der andere antwortet mit selbstgefälligem Grinsen: »Na klar, hurion, die alte Schnalle.« Und dann (hört zu), als sie erfuhren, wie sich Puschkin den Tod geholt hat, gab ich ihnen den »Nachtigallengarten« zu lesen, ein Poem von Alexander Blok. Im Mittelpunkt dieses Poems steht, wenn man natürlich all die wohlriechenden Schultern, undurchdringlichen Nebel und rosaroten Türme in rauchumsäumten Meßgewändern beiseite läßt, im Mittelpunkt des Poems steht eine lyrische Figur, ein Mann, der wegen Trunksucht, Hurerei und Arbeitsbummelei entlassen wurde. Ich sagte ihnen: »Dieses Buch ist genau das richtige für euch, ihr werdet großen Nutzen daraus ziehen.« Nun, sie lasen es. Aber entgegen allen Erwartungen wurden sie davon nur noch blöder. Gleich darauf war aus allen Geschäften die »Frische« verschwunden. Unverständlich warum, aber vergessen war die Sika, vergessen der Wermut, vergessen der internationale Flughafen Scheremetjewo. Es triumphierte die »Frische«, alle tranken nur noch »Frische«.
O Sorglosigkeit! O Vögel unter dem Himmel, die nicht säen und nicht ernten! O Lilien auf dem Felde, herrlicher gekleidet denn Salomon! Sie haben die ganze »Frische« ausgetrunken von der Station Dolgoprudnaja bis zum internationalen Flughafen Scheremetjewo!
Und da ging mir ein Licht auf: du bist ganz einfach ein Nichtsnutz, Wenitschka, du bist ein Vollidiot. Erinnere

dich, du hast bei irgendeinem Weisen gelesen, daß Gott der Herr sich nur um das Schicksal der Prinzen sorgt und die Sorge um das Schicksal der Völker den Prinzen überläßt. Aber du bist Brigadier und folglich ein »kleiner Prinz«. Wo bleibt denn deine Sorge um das Schicksal deiner Völker? Hast du denn diesen Parasiten jemals ins Herz gesehen, in die finsteren Winkel ihrer Herzen? Kennst du die Dialektik des Herzens dieser vier Hosenscheißer? Wenn du sie kennen würdest, würdest du klarer sehen, was der »Nachtigallengarten« mit der »Frische« gemeinsam hat, und warum der »Nachtigallengarten« sich weder mit der Sika vertrug, noch mit dem Wermut, mit dem sich Ben Gurion und Abba Eban so wunderbar vertrugen! ... Und da führte ich dann meine berüchtigten »persönlichen Diagramme« ein, deretwegen sie mich letztendlich auch gefeuert haben ...

Nowogirejewo — Reutowo

Soll ich sagen, was das für Diagramme waren? Nun, das ist ganz einfach: Auf Velinpapier werden mit schwarzer Tusche zwei Achsen aufgemalt – eine horizontale und eine vertikale. Entlang der horizontalen Achse werden systematisch alle Arbeitstage des abgelaufenen Monats eingetragen und entlang der vertikalen das Getrunkene in Gramm, umgerechnet auf reinen Alkohol. Berücksichtigt wird natürlich nur das, was während der Arbeitszeit und davor getrunken wurde, denn das, was abends getrunken wird, ist eine Größe, die für alle mehr oder weniger konstant ist und für eine ernsthafte Untersuchung nicht von Interesse sein kann.

Also, am Ende des Monats kommt der Arbeiter zu mir und legt Rechenschaft ab: an diesem Tag wurde von dem und dem so und so viel getrunken, an jenem so und so viel von dem und dem. Und ich stelle das alles durch ein schönes Diagramm dar, auf Velinpapier mit schwarzer Tusche. Hier könnt ihr euch zum Beispiel an den Meßwerten des Komsomolzen Viktor Totoschkin ergötzen:

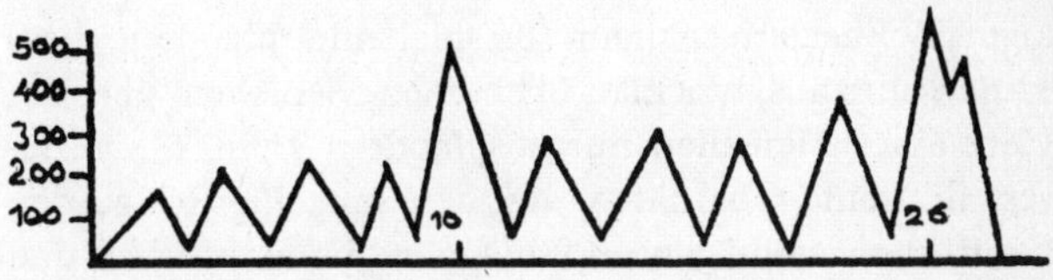

Und das hier ist Alexej Blindjajew, Mitglied der KPdSU seit 1936, ein alter abgetakelter Wirsing:

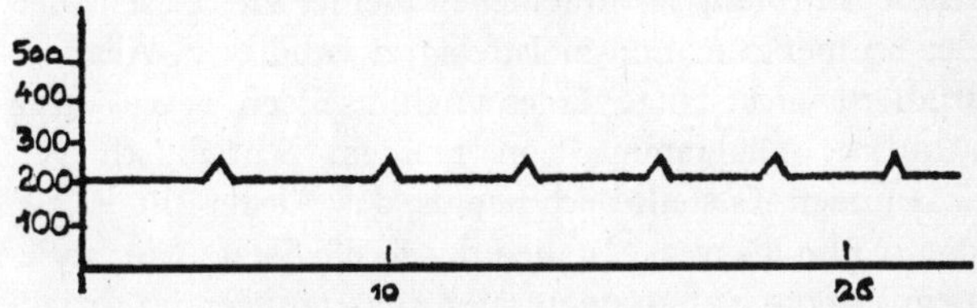

Nun, und das ist euer ergebener Diener, Exbrigadier der Telefonkabel-Montagemannschaft und Autor des Poems »Moskau-Petuschki«:

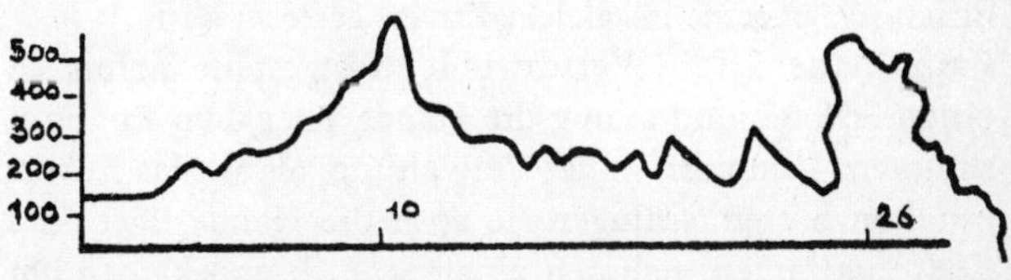

Das sind doch interessante Linien, nicht wahr? Auch wenn man sie nur ganz oberflächlich betrachtet. Bei dem einen erinnern sie an den Himalaja, an Tirol, die Ölfelder von Baku oder sogar an die Zinnen der Kremlmauer, die ich übrigens nie gesehen habe. Beim andern sind sie wie eine frühmorgendliche Brise auf dem Kama-Fluß, ein sanftes Plätschern, Wasserperlen im Laternenschein. Und beim dritten wie der Schlag eines stolzen Herzens, Gorkijs Lied vom Sturmvogel, Ajwasowskijs »Neunte Woge«. Und all das, wenn man nur die äußere Form der Linien betrachtet.

Dem Wißbegierigen (zum Beispiel mir) plaudern diese Linien alles aus, was man über einen Menschen, über das Herz eines Menschen nur ausplaudern kann. Sie verraten alle seine Qualitäten, von den sexuellen bis zu den beruflichen, seine ganzen Schlappen, die beruflichen und die sexuellen. Man kann den Grad seiner Ausgeglichenheit erkennen, seinen Hang zum Verrat und alle Geheimnisse seines Unterbewußtseins, so vorhanden.

Ich begann nun, das Innenleben meiner vier Hosenscheißer aufmerksam und zielstrebig zu studieren. Aber ich studierte nicht lange. Eines unglückseligen Tages waren sämtliche Diagramme von meinem Schreibtisch verschwunden. Es stellte sich heraus, daß Alexej Blindjajew, dieser Blindgänger, Mitglied der KPdSU seit 1936, an jenem Tag die neue Liste unserer Zielsetzungen im sozialistischen Wettbewerb in die Verwaltung geschickt hatte, wo wir aus Anlaß der bevorstehenden Hundertjahrfeier schworen, im Privatleben stets so zu sein wie am Arbeitsplatz, und aus Dämlichkeit oder im Suff meine persönlichen Diagramme ins gleiche Kuvert gesteckt hatte.

Kaum hatte ich ihr Verschwinden festgestellt, nahm ich einen Schluck und schlug die Hände über dem Kopf zusammen. Und dort, in der Verwaltung, als sie das Kuvert erhalten hatten, schlugen sie auch die Hände über dem Kopf zusammen, nahmen einen Schluck und kamen am gleichen Tag im Moskwitsch zu unserem Standort angefahren. Was entdeckten sie, als sie in unser Kontor eindrangen? Sie entdeckten nichts, außer Lecha und Stassik. Lecha lag zusammengerollt auf dem Boden und döste, und Stassik kotzte. Nach einer Viertelstunde war alles entschieden: Mein Stern, der für vier Wochen am Himmel aufgegangen war, versank für immer. Die Kreuzigung erfolgt genau dreißig Tage nach der Himmelfahrt. Einen Monat nur von meinem Toulon bis zu meinem St. Helena. Kurz, sie gaben mir den Abschied und setzten an meine Stelle Alexej Blindjajew, diesen ausgedienten Schwachkopf, Mitglied der KPdSU seit 1936. Kaum befördert, wachte der von seinem Lager am Boden auf und verlangte von ihnen einen Rubel – sie gaben ihm keinen. Stassik hatte aufgehört zu kotzen und verlangte auch einen Rubel. Sie gaben auch ihm keinen.

Sie tranken ein paar Gläser Rotwein, setzten sich wieder in ihren Moskwitsch und fuhren zurück.

So, und hiermit verkünde ich feierlich: Bis zum Ende meiner Tage werde ich nichts mehr unternehmen, was dazu führen könnte, daß sich meine traurige Erfahrung mit dem Aufstieg wiederholt. Ich bleibe unten, und von unten spucke ich auf eure Leiter des gesellschaftlichen Aufstiegs. Nur ein Arschkriecher könnte auf dieser Leiter emporsteigen oder einer, der hart wie Stahl ist, vom Scheitel bis zur Sohle. Ich jedenfalls nicht.

Wie dem auch sei – sie haben mich gefeuert. Mich, den beschaulichen Prinzen und Analytiker, der liebevoll die Seelen seiner Völker studiert. Die unten hielten mich nun für einen Streikbrecher und Kollaborateur und die oben für einen Tagedieb mit gestörter Psyche. Die unten wollten mich nicht mehr sehen, und die oben konnten nicht an sich halten vor Lachen, wenn mein Name fiel. »Die oben konnten nicht und die unten wollten nicht.« Was kündet das an, ihr Herren Gelehrten in Lenin, ihr wahren Kenner unserer Geschichtsphilosophie? Ganz richtig, am nächsten Zahltag, und der ist übermorgen, massakrieren sie mich, nach allen Regeln der Kunst.

»Pfui!«

»Wer hat hier ›Pfui‹ gesagt? Wart ihr es, Engel?«

»Ja, wir haben das gesagt. Pfui, Wenja, wie kann man nur so schimpfen!!«

»Wie soll man da nicht schimpfen! Sagt doch selbst! Dieser alberne Alltagskram hat mich so demoralisiert, daß ich seit jenem Tag nicht mehr nüchtern werde. Man kann zwar nicht gerade sagen, daß ich vorher besonders nüchtern gewesen wäre, aber immerhin habe ich mir noch gemerkt, was ich trinke und in welcher Reihenfolge. Und jetzt kann ich mir nicht einmal mehr das merken ... Bei mir geht alles durcheinander, alles im Leben geht irgendwie durcheinander: mal trinke ich eine ganze Woche lang gar nichts, dann trinke ich wieder vierzig Tage, dann wieder vier Tage hintereinander nichts, und dann wieder sechs Monate ohne Unterlaß ... So auch jetzt ...«

»Wir verstehen, wir verstehen alles. Man hat dich gekränkt und dein goldenes Herz ...«

Ja, ja, an jenem Tag kämpfte mein goldenes Herz eine geschlagene halbe Stunde mit dem Verstand. Wie in den Tragödien von Pierre Corneille, dem preisgekrönten Dichter: die Pflicht kämpft mit der Stimme des Herzens. Nur war es bei mir umgekehrt: die Stimme des Herzens kämpfte mit dem Verstand und der Pflicht. Mein Herz sagte mir: »Man hat dich gekränkt, man hat dich behandelt wie ein Stück Scheiße. Geh, Wenitschka, und besauf dich. Steh auf und geh dich besaufen wie ein Schwein.« So sagte mein goldenes Herz. Und mein Verstand? Der grollte und blieb hartnäckig: »Du stehst nicht auf, Jerofejew, du gehst nirgends hin und trinkst keinen einzigen Tropfen.« Darauf das Herz: »Schon gut, Wenitschka, schon gut. Viel brauchst du ja nicht zu trinken, du brauchst dich ja nicht gerade zu besaufen wie ein Schwein. Du kannst vierhundert Gramm trinken und dann – Hahn zugedreht!« »Kein einziges Gramm!« widersprach heftig der Verstand. »Wenn es ohne gar nicht geht, dann geh und trink drei Krüge Bier; aber alles, was in Gramm gemessen wird, schlag dir aus dem Kopf, Jerofejew.« Mein Herz stöhnte auf: »Wenigstens zweihundert Gramm, zweihundert. Oder ...

Reutowo — Nikolskoje

... wenigstens hundertfünfzig ...« Und darauf der Verstand: »Also gut, Wenja«, sagte er, »hundertfünfzig, nur geh nirgends hin, sondern trink sie zu Hause ...«
Und wie, glaubt ihr, ging es weiter? Glaubt ihr, ich hätte hundertfünfzig Gramm getrunken und es dabei zu Hause ausgehalten? Ha-ha. Fünf Tage lang trank ich täglich eintausendfünfhundert Gramm, um es zu Hause auszuhalten, und hielt es trotzdem nicht aus. Am sechsten Tag war ich nämlich schon so aufgeweicht, daß die Grenze zwischen Verstand und Herz verschwunden war, und beide mir einstimmig einhämmerten: »Fahr nach Petuschki, fahr doch! Petuschki – das ist deine Rettung und deine Glückseligkeit. Fahr los!«
Petuschki – das ist ein Ort, wo die Vögel nicht aufhören zu singen, weder am Tage noch bei Nacht, wo sommers wie winters der Jasmin nicht verblüht. Die Erbsünde, wenn es sie gegeben hat, tangiert dort niemanden. Sogar die, die wochenlang nicht nüchtern werden, behalten dort ihren klaren, unergründlichen Blick ...
Jeden Freitag, Schlag elf, erwartet mich auf dem Bahnsteig dieses Mädchen mit Augen von weißer, fast fahler Farbe – diese Favoritin unter den Flittchen, diese weißblonde Teufelin. Und heute ist Freitag. In weniger als zwei Stunden wird es genau elf sein, und dann wird sie da sein, der Bahnsteig wird da sein und jener fahlweiße Blick, schamlos und sündig. Kommt mit mir – ihr ahnt nicht, was euch erwartet ...!
Was habe ich eigentlich hinterlassen – dort, wo ich herkomme? Ein paar stinkige Fußlappen und eine Arbeitshose, eine Flachzange und eine Raspel, einen Gehaltsvorschuß und die Spesen. Das habe ich hinterlassen! Und was liegt vor mir? In Petuschki auf dem Bahnsteig? Rotblonde Wimpern, zur Erde gesenkt, wogende Formen, ein Zopf, der vom Nacken bis zum Hintern reicht. Und nach

dem Bahnsteig – Kräuterschnaps und Portwein, Entzükken und Krämpfe, Glückseligkeit und Zuckungen. Himmlische Mutter, wie weit ist es noch bis Petuschki!

Und dort, hinter Petuschki, wo Himmel und Erde miteinander verschmelzen, wo die Wölfin den Mond anheult, dort ist etwas ganz anderes und doch genau dasselbe: dort wächst und gedeiht in rauchigen, verlausten Gemächern mein kleiner Sohn, den meine Schöne mit ihren weißen Augen niemals sah. Das molligste und sanftmütigste aller Babys. Er kennt den Buchstaben Q und möchte dafür von mir mit Nüssen belohnt werden. Wer von euch kannte im Alter von drei Jahren den Buchstaben Q? Keiner! Ihr kennt ihn nicht einmal heute richtig. Aber er – er kennt ihn und erwartet dafür keine Belohnung außer einem Glas Nüsse.

Betet für mich, Engel. Hell wird mein Weg sein, und mein Fuß wird an keinen Stein stoßen, und ich werde die Stadt sehen, nach der ich mich so lange verzehrte. Doch einstweilen entschuldigt mich und paßt bitte einen Augenblick auf kein Köfferchen auf, ich entferne mich für zehn Minuten. Ich muß einen Schluck Kubanskaja trinken, um in Stimmung zu bleiben.

Ich stand auf, na bitte, ich stand auf und ging durch das halbe Abteil hinaus auf die Plattform. Ich setzte an und trank, und zwar nicht mehr so, wie auf der Höhe von Karatscharowo: ohne Brechreiz und ohne belegtes Brot. Ich trank jetzt aus der Flasche, den Kopf nach hinten geworfen wie ein Pianist, im Bewußtsein dessen, was erst begann und noch bevorstand.

Nikolskoje — Saltykowskaja

Diese dreizehn Schlucke werden dir nicht zur Freude gereichen, dachte ich, während ich den dreizehnten Schluck nahm. Du weißt doch selbst, daß die zweite morgendliche Dosis, wenn man sie aus der Flasche trinkt, schwer auf der Seele liegt, wenn auch nicht für lange, nur bis zur dritten, aus dem Glas getrunkenen Dosis, aber immerhin. Wer könnte das besser wissen als du selbst! Aber was soll's. Dein Morgen wird hell sein, heller als dein Heute. Doch warum sind die Engel so bestürzt, wenn du anfängst, von den Freuden auf dem Bahnsteig in Petuschki und denen danach zu erzählen?

Was denken sie nur? Daß mich dort niemand erwartet? Oder daß der Zug entgleist? Oder daß mich in Kupawna die Kontrolleure rausschmeißen? Oder daß ich irgendwo bei Kilometer 105 vom Wein einschlummere und erdrückt werde wie ein kleiner Junge oder erstochen wie ein kleines Mädchen? Warum nur sind die Engel so bestürzt und schweigen? Mein Morgen wird hell sein. Ja. Unser Morgen wird heller sein als unser Gestern und unser Heute. Aber wer garantiert, daß unser Übermorgen nicht schlechter sein wird als unser Vorgestern?

Das hast du sehr schön gesagt, Wenitschka. Sehr schön. Unser Morgen und so weiter. Sehr logisch und gescheit. Du redest selten so logisch und gescheit.

Besonders viel Grips hast du ja noch nie gehabt. Wer könnte das besser wissen als du selbst! Finde dich damit ab, Wenitschka; zwar geht in deinen Kopf nicht viel rein, aber dafür in deine Seele ... Und überhaupt, wozu brauchst du einen Kopf, wenn du ein Gewissen hast und darüber hinaus Geschmack? Gewissen und Geschmack – das ist so viel, daß der Kopf geradezu überflüssig wird.

Wann hast du eigentlich zum erstenmal bemerkt, Wenitschka, daß du ein Idiot bist?

Das war damals, als ich gleichzeitig zwei völlig gegensätzliche Vorwürfe zu hören bekam; daß ich nämlich leichtsinnig und gleichzeitig langweilig sei. Wenn der Mensch gescheit und langweilig ist, wird er sich nicht zum Leichtsinn herablassen. Wenn er leichtsinnig ist und gescheit – wird er es sich nicht erlauben, langweilig zu sein. Nur ich Trantüte habe es irgendwie geschafft, beides miteinander zu verbinden.

Und soll ich euch sagen, warum? Weil ich seelisch krank bin, das sieht man mir nur nicht an. Weil ich, seit ich mich erinnern kann, nichts anderes tue, als seelische Gesundheit zu simulieren, jeden Augenblick; und darauf verschwende ich meine ganzen Kräfte (restlos alle), die geistigen, die physischen und alle sonstigen. Daher kommt es, daß ich langweilig bin. Alles, worüber ihr redet, alles, was euch tagtäglich beschäftigt, ist mir unendlich fremd. Ja, und darüber, was mich beschäftigt, darüber werde ich nie und niemandem ein einziges Wort sagen. Vielleicht aus Angst, für verrückt erklärt zu werden, vielleicht aus sonst einem Grund, jedenfalls – kein Wort.

Ich weiß noch, schon früher, wenn die Leute in meiner Anwesenheit eine Unterhaltung oder Diskussion über irgendwelchen Unsinn anfingen, sagte ich: »Wie kann man sich nur mit so etwas Belanglosem auseinandersetzen!« Darauf antworteten sie mir erstaunt: »Wieso denn belanglos? Wenn das belanglos ist, was ist denn dann nicht belanglos?« Und ich sagte: »Oh, ich weiß nicht, ich weiß nicht. Aber es gibt da sowas . . .«

Ich behaupte nicht, daß ich die Wahrheit erkannt hätte oder dicht an sie herangekommen wäre. Mitnichten! Aber ich habe mich ihr gerade so weit genähert, daß ich sie bequem betrachten kann.

Ich betrachte, erkenne und bin schmerzerfüllt. Ich glaube nicht daran, daß unter euch noch einer ist, der in seinem Bauch ein so explosives Gemisch mit sich herumschleppt wie ich. Woraus dieses Gemisch besteht, ist schwer zu sagen, doch ihr würdet es ohnehin nicht verstehen. Aber vor allem sind da »Schmerz« und »Angst«. Nennen wir es wenigstens so. Ja, vor allem »Schmerz« und »Angst«, und dann noch Stummheit. Jeden Tag, vom Morgen an, läßt »mein goldenes Herz« diesen ätzenden Aufguß in sich hineinsickern und badet sich darin bis zum Abend. Bei anderen Leuten passiert so was bekanntlich dann, wenn ganz plötzlich jemand stirbt, wenn der liebste Mensch auf der Welt stirbt. Aber bei mir ist das ewig so! Begreift wenigstens das!

Wie sollte ich da nicht langweilig sein, und wie sollte ich da nicht Wodka trinken? Ich habe mir dieses Recht verdient. Ich weiß besser als ihr, daß der »Weltschmerz« nicht etwa eine Fiktion ist, die von den alten Literaten in Umlauf gebracht wurde. Ich weiß es, weil ich den Weltschmerz selbst im Herzen trage. Ich weiß, was das ist, und ich denke nicht daran, es zu verbergen. Man muß es lernen, den Leuten ohne Hemmungen ins Gesicht zu sagen, welche Vorzüge man hat. Schließlich weiß jeder selbst am besten über seine eigenen Vorzüge Bescheid.

Kennt ihr zum Beispiel das Gemälde »Untröstlicher Kummer« von Kramskoj? Natürlich kennt ihr es. Angenommen, dieser schwarz versteinerten Fürstin oder Bojarin hätte die Katze in diesem Augenblick irgendwas hinuntergeworfen – na, zum Beispiel eine Phiole aus Sèvresporzellan, oder sie hätte ihr ein Negligé von unschätzbarem Wert zerfetzt. Würde sie deshalb vielleicht anfangen zu toben und die Hände ringen? Niemals! Weil das alles nämlich *belanglos* für sie ist, weil sie, wenn auch nur für einen oder drei Tage, über Negligés, Katzen und Sèvresporzellan erhaben ist!

Nun, was meint ihr? Ist diese Fürstin langweilig? Sie ist unaussprechlich langweilig, was denn sonst. Und ist sie leichtsinnig? Sie ist im höchsten Grade leichtsinnig!

Da seht ihr es, so bin auch ich. Habt ihr jetzt begriffen, warum ich der traurigste unter allen Saufbrüdern bin? Warum ich leichtfertiger bin als jeder Idiot und schwermütiger als jeder dahergelaufene Scheißer? Warum nur bin ich Idiot, Dämon und Schwätzer in einem?

Na, ist ja wunderbar, daß ihr alles verstanden habt. Trin-

ken wir auf das Verstehen – den ganzen Rest Kubanskaja, aus der Flasche, trinken wir unverzüglich.
Seht her, wie man das macht . . .!

Saltykowskaja — Kutschino

Der Rest Kubanskaja brodelte noch irgendwo ziemlich weit oben in der Gurgel, und deshalb konnte ich, als man mir vom Himmel sagte:
»*Warum hast du alles ausgetrunken, Wenja? Das war zuviel . . .*« vor Atemnot nur mit größter Mühe antworten:
»Auf der ganzen Welt . . . auf der ganzen Welt, von Moskau bis nach Petuschki, gibt es nichts, was mir zuviel werden könnte . . . Ihr braucht doch keine Angst um mich zu haben, himmlische Engel . . .«
»*Wir haben Angst, daß du wieder . . .*«
»Daß ich wieder anfange zu fluchen? Aber nein, ich wußte nur einfach nicht, daß ihr dauernd mit mir seid, sonst hätte ich schon vorher nicht . . . Ich fühle mich jetzt mit jedem Augenblick glücklicher . . . und selbst wenn ich jetzt anfangen würde zu fluchen, dann irgendwie fröhlich . . . wie in den Gedichten der deutschen Romantiker: ›Ihr könnt mir im Mondschein begegnen‹ oder ›Geht doch zum Kuckuck . . .‹, mehr nicht. Ihr Dummerchen!«
»*Wir sind keine Dummerchen, wir haben nur einfach Angst, daß du wieder nicht hinkommst . . .*«
»Wohin? . . . Nach Petuschki, meint ihr? Zu ihr? Zu meiner schamlosen Königin mit Augen wie Wolken? . . . Ihr seid vielleicht witzig . . .«
»*Nein, wir sind nicht witzig, wir haben Angst, daß du zu ihm nicht hinkommst und daß er ohne Nüsse bleibt . . .*«
»Aber nicht doch, nicht doch! Solange ich lebe . . . nicht

doch! Letzten Freitag, richtig, letzten Freitag hat sie mich nicht fortgelassen zu ihm ... Ich war vollkommen abgeschlafft, Engel, letzten Freitag, ich konnte mich an ihrem weißen Bauch nicht sattsehen, der so rund ist wie Himmel und Erde ... Aber heute komme ich hin, wenn ich nur unter den Schlägen des Schicksals nicht vorher krepiere ... Genauer, nicht heute, heute werde ich bei ihr sein, ich werde zwischen Lilien weiden, und dann morgen ...«

»Der arme Junge ...«, seufzten die Engel.

»Der arme Junge ... Wie kommt ihr darauf, daß er arm ist? Aber sagt mir, Engel, werdet ihr mit mir sein bis Petuschki? Ja? Werdet ihr nicht wegfliegen?«

»Ganz bis nach Petuschki können wir nicht, o nein ... Wir werden wegfliegen, sobald du gelächelt hast ... Du hast heute noch kein einziges Mal gelächelt; sobald du zum erstenmal gelächelt hast, werden wir wegfliegen ... erlöst von jeder Sorge um dich ...«

»Und dort auf dem Bahnsteig werdet ihr mich erwarten, ja?«

»Ja, dort werden wir dich erwarten ...«

Wunderbare Geschöpfe, diese Engel. Nur, warum »armer Junge«? Er ist überhaupt nicht arm! Ein Baby, das den Buchstaben Q kennt wie die fünf Finger seiner Hand, ein Baby, das seinen Vater liebt wie sich selbst – hat so ein Baby Mitleid nötig? Sicher, vorletzten Freitag war er krank, und alle dort waren in großer Sorge um ihn ... Aber es ging ihm doch sofort besser, kaum daß er mich gesehen hatte ...! Gnädiger Gott, mach, daß ihm nichts zustößt, mach, daß ihm niemals etwas zustößt ...!

Mach, lieber Gott, daß er, wenn er von der Treppe oder vom Ofen purzelt, mach, daß er sich kein Bein und keinen Arm bricht. Wenn er ein Messer oder eine Rasierklinge findet, Herr, laß ihn nicht damit spielen, gib ihm ein andres Spielzeug. Wenn seine Mutter den Ofen anheizt (es gefällt ihm sehr, wenn seine Mutter den Ofen anheizt), zieh ihn zur Seite, wenn es geht. Es tut mir weh, daran zu denken, daß er sich verbrennen könnte ... Und wenn er krank wird – laß ihn gesund werden, sobald er mich sieht ...

Ja, als ich letztes Mal hinkam, sagte man mir, daß er schläft. Man sagte mir: er ist krank und liegt im Fieber. Man ließ mich mit ihm allein, und ich setzte mich an sein Bett und trank Zitronenschnaps. Er lag tatsächlich im Fieber, und sogar das Grübchen auf seiner Wange war voller Fieber. Unglaublich, daß so ein Winzling Fieber haben kann ...

Ich hatte schon drei Gläser Zitronenschnaps getrunken, als er aufwachte. Er sah mich an und das vierte Glas in meiner Hand ... Ich habe mich damals lange mit ihm unterhalten. Ich sagte:

»Weißt du was, mein Junge? Es ist besser, wenn du nicht stirbst ... Überleg doch mal (du malst ja schon Buchstaben, also kannst du auch überlegen): es ist sehr dumm zu sterben, wenn man nur den Buchstaben Q kennt und sonst nichts ... Du wirst selbst begreifen, daß das dumm ist ...«

»Ja, Vater, ich begreife ...«

Und wie er das sagte! Alles, was sie sagen, die ewig lebenden Engel und die sterbenden Kinder, das alles ist so bedeutsam, daß ich ihre Worte in langgezogener Kursivschrift niederschreibe, und alles, was wir sagen, mit winzigen Buchstaben, weil das alles mehr oder weniger Quatsch ist. *»Ja, Vater, ich begreife!«*

»Du wirst wieder aufstehen, mein Junge, und wieder zu meiner ›Ferkelchen-Farandella‹ tanzen. Weißt du noch, wie du getanzt hast, als du zwei Jahre alt warst? Die Musik stammte von deinem Vater und die Worte auch: ›Es tanzen kleine Ferkelchen in unserm Haus herum, sie kratzen dich, sie beißen dich, sie pieksen in das Bäuchlein dich ...‹ Du hattest eine Hand abgestützt, in der anderen schwenktest du ein Taschentüchlein und hüpftest herum wie ein Depp im Kleinformat ... ›Ich heulte schon seit Februar voll Zittern und voll Bangen, und eines schönen Sommertags bin ich dann hops gegangen ...‹ Liebst du deinen Vater, mein Junge?«

»*Sehr* ...«

»Na siehst du, es ist wirklich besser, wenn du nicht stirbst ... Wenn du nicht stirbst und erst wieder gesund bist, tanzt du wieder für mich ... Ja? Aber keine Farandella. Da sind Passagen drin, die nicht passen ... ›und eines schönen Sommertags bin ich dann hops gegangen ...‹ Das geht nicht. Viel besser ist schon das: ›Heißa Kathreinele, schnür dir die Schuh.‹ Ich mag diesen Stuß, ich habe Gründe dafür ...« Ich trank das vierte Glas aus und wurde unruhig:

»Wenn du nicht da bist, mein Junge, bin ich ganz einsam ... Verstehst du? ... Bist du im Wald herumgetollt diesen Sommer, ja? ... Dann kannst du dich sicher erinnern, wie die Kiefern dort aussehen ... Siehst du, ich bin wie eine Kiefer ... Sie ist so lang und so einsam, so einsam, wie ich ... Sie schaut wie ich in den Himmel und das, was ihr zu Füßen liegt, das sieht sie nicht und will es nicht sehen ... Sie ist so grün und wird es ewig bleiben, bis sie zusammenkracht. So auch ich – solange ich nicht zusammenkrache, werde ich grün bleiben ...«

»*Grün*«, echote das Baby.

»Zum Beispiel der Löwenzahn. Er schaukelt vor sich hin und löst sich auf im Wind ... Traurig, ihn anzusehen. Es ist wie bei mir, löse ich mich etwa nicht auf? Ist es nicht widerlich, tagelang zuzusehen, wie ich mich auflöse und auflöse und auflöse ...?«

»*Widerlich*«, plapperte das Baby mir nach und lächelte selig ...

Ich lächle ebenfalls. Ich erinnere mich an sein »widerlich« und lächle selig. Und ich sehe, wie mir von ferne die Engel zuwinken und von mir fortfliegen, wie versprochen.

Kutschino — Shelesnodoroshnaja

Doch zuerst trotzdem zu ihr. Zuerst – zu ihr! Sie sehen, auf dem Bahnsteig, mit dem Zopf vom Nacken bis zum Hintern, und vor Erregung glühen, entflammen und trinken, trinken ... bis zum Umfallen. Und weiden, zwischen Lilien weiden – solange bis du vergehst!

Bringt mir Spangen, Bänder und Geschmeide,
bringt mir Perlen, Samt und Seide.
Wie eine Königin will ich mich prächtig schmücken,
um meinen König – er kehrt wieder – zu entzücken.

Dieses Mädchen ist weiß Gott kein Mädchen! Diese Verführerin ist kein Mädchen, sondern eine Ballade in A-bemoll-Dur! Diese rothaarige Furie – das ist keine Frau, das ist Zauberei! Ihr werdet fragen: Wo hast du die bloß ausgegraben, Wenitschka, wo kommt sie her, diese rothaarige Schlunze? Kann es denn in Petuschki überhaupt was Brauchbares geben?

»Es kann«, antworte ich euch. Ich sage das so laut, daß Moskau und Petuschki davon erzittern.

In Moskau, nein, da nicht, aber in Petuschki schon. Na, und wenn schon »Schlunze«. Aber was für eine harmonische Schlunze! Wenn euch interessiert, wo und wie ich sie ausgegraben habe, wenn euch das tatsächlich interessiert, dann hört, ihr Schamlosen, ich erzähle euch alles. Ich sagte schon, daß in Petuschki der Jasmin nie verblüht und der Vogelgesang nie verstummt. So auch an jenem Tag, genau vor zwölf Wochen. Es sangen die Vöglein, und es blühte der Jasmin. Und außerdem wurde irgend jemandes Geburtstag gefeiert. Es waren Unmengen von Alkoholischem vorhanden. Ich weiß nicht mehr, waren es zehn Flaschen, zwölf oder fünfundzwanzig. Und darüber hinaus war alles da, was sich ein Mensch wünschen kann, der all das ausgetrunken hat, das heißt: einfach alles, vom Faßbier bis zum Flaschenbier. Und was noch, werdet ihr fragen, was war noch da?

Es waren noch zwei Mannsbilder da und drei schielende Kreaturen, eine besoffener als die andere, ein unbeschreibliches Tohuwabohu und wildes Gegröle. Sonst war da nichts mehr, glaube ich.

Ich mixte und trank. Ich mixte Wodka der Marke Rossijskaja mit Shiguli-Bier, und während ich die drei Kreaturen beobachtete, fühlte ich, daß eine gewisse Inspiration von ihnen ausging. Welcher Art diese Inspiration war, vermag ich nicht zu sagen, deshalb mixte ich wieder und trank, und je größer diese »gewisse« Inspiration wurde, desto öfter mixte ich und trank, wodurch die Inspiration allmählich immer schärfere Konturen annahm.

Auf Gegenseitigkeit beruhte sie nur bei einer von ihnen, nur bei einer! O rotblonde Wimpern, länger noch als eure Haare auf dem Kopf! O unschuldige Plüschaugen, weiß wie Schnee und fahl wie Wachs! O taubenblaue Zauberflügel!

»Sie also sind Jerofejew«, sagte sie und neigte sich leicht zu mir, senkte ihre Wimpern und hob sie wieder.

»Na klar, wer denn sonst!«

(O Harmonische! Woher weiß sie das?)

»Ich hab mal was von Ihnen gelesen. Wissen Sie, ich hätte nie gedacht, daß man auf fünfzig Seiten so viel haarsträubendes Zeug unterbringen könnte. Das übersteigt alle menschlichen Kräfte!«

»Und ob es das tut!« Ich war geschmeichelt, mixte mir ein neues Glas und trank es aus. »Wenn es sein muß, kann ich noch mehr unterbringen! Immer höher, immer weiter . . .!«

Damit fing alles an. Genauer, es fing die Bewußtlosigkeit an. Ein Blackout von drei Stunden. Was habe ich getrunken? Worüber habe ich gesprochen? Was habe ich gemixt? Vielleicht hätte es diesen Blackout nie gegeben, wenn ich getrunken hätte, ohne zu mixen. Jedenfalls kam ich nach ungefähr drei Stunden zu mir und fand mich in folgender Situation: ich sitze am Tisch, mixe und trinke.

Und außer uns beiden – niemand. Sie sitzt neben mir und lacht mich aus, wonnig wie ein Kind. Ich dachte: Ein unerhörtes Weib! Das ist eine Frau, deren Brust bis heute von bloßen Vorahnungen gedrückt wird. Das ist eine Frau, bei der vor mir noch keiner auch nur den Puls gefühlt hat. O wonnevoller Kitzel in der Seele und überall. Sie nahm das Glas und führte sich noch hundert Gramm zu Gemüte. Sie trank stehend, den Kopf nach hinten geworfen wie eine Pianistin. Und als sie ausgetrunken hatte, pustete sie alles aus sich heraus, alles, was sie hatte. Dann verbog sie ihren Körper wie eine Schlange und begann in wellenförmigen Bewegungen mit den Hüften zu kreisen. Und das alles so plastisch, daß ich ihr nicht zusehen konnte, ohne zu erbeben ...

Schamlos, wie ihr seid, werdet ihr jetzt natürlich fragen: Und, Wenitschka, hat sie ...? Was soll ich euch darauf antworten. Klar hat sie ...! Wäre ja noch schöner, wenn sie nicht ... hätte! Sie hatte mir ganz frei heraus gesagt: »Leg deinen rechten Arm gebieterisch um meine Schulter!« Ha-ha. »Gebieterisch« und »rechten Arm«! So beschickert wie ich war, schaffte ich es nicht einmal, ihr an den Bauch zu grapschen, ich grapschte dauernd am Bauch vorbei ... Geschweige denn gebieterisch umarmen ...

Spiele nur mit deinen satten Rundungen! dachte ich, während ich mixte und trank. Spiele nur, schöne Verführerin! Spiele nur, Kleopatra! Spiele nur, du dralle Schickse, bis das Herz des Poeten verschmachtet! Alles, was ich besitze, alles, was ich auch nur vielleicht besitze – all das schleudere ich heute auf Aphrodites weißen Altar der Liebe!

So dachte ich, und sie lachte. Dann kam sie wieder zum Tisch und trank, ex, noch hundertfünfzig Gramm, denn sie war vollkommen, und der Vollkommenheit sind keine Grenzen gesetzt ...

Shelesnodoroshnaja — Tschornoje

Sie trank aus und warf irgendwas Überflüssiges von sich ab. Wenn sie, dachte ich, wenn sie jetzt über das Überflüssige hinaus auch noch das abwirft, was darunter ist — Himmel und Erde würden erbeben. »Nun, Wenitschka«, sagte sie, »wie findest du meine ...?« Ich wurde ganz schwach in den Knien vor Verlangen und wartete mit zugeschnürter Kehle auf die Sünde. »Genau dreißig Jahre bin ich auf der Welt«, sagte ich ihr, »aber noch nie habe ich erlebt, daß jemand so schöne ...«

Was nun? Sollte ich es jetzt mit schmeichlerischer Zärtlichkeit versuchen oder lieber mit betörender Wildheit? Weiß der Teufel. Mir ist nie ganz klar, wann ich eine Betrunkene wie behandeln soll ... Ich habe, wollt ihr es wissen?, ich habe wenig Erfahrung, sowohl mit Betrunkenen als auch mit Nüchternen. Ich habe sie immer nur in Gedanken begehrt, doch kaum war das Begehren da, blieb vor Angst das Herz stehen. Der Wunsch war da, aber es fehlte die Absicht, sobald die Absicht aufkam, schwand der Wunsch. Und während ich sie mit dem Herzen begehrte, erstarb in mir jeder Gedanke.

Ich bin sehr widersprüchlich. Einerseits gefällt es mir, daß sie eine Taille haben und wir keine, das erfüllt mich, wie soll ich sagen?, mit »Zärtlichkeit« oder so was. Ja richtig, das erfüllt mich mit Zärtlichkeit. Aber andererseits haben sie Jean Paul Marat mit Federmessern erstochen, Marat den Unbestechlichen, und das hätten sie nicht tun sollen. Das erstickt in mir jegliche Zärtlichkeit. Einerseits gefällt es mir, wie schon Karl Marx, daß sie so schwach sind und beim Pinkeln in die Hocke gehen müssen. Das gefällt mir, das weckt in mir, ja, was weckt das in mir? »Zärtlichkeit« oder so was? Ja richtig, das weckt Zärtlichkeit in mir. Aber andererseits haben sie mit dem Revolver auf unseren Wladimir Iljitsch geschossen! Auch das erstickt wieder jegliche Zärtlichkeit. Meinetwegen, sollen sie in die Hocke gehen, aber warum auf Lenin schießen? Wie soll man nach alledem noch Zärtlichkeit fühlen? Lächerlich! Aber ich schweife vom Thema ab ...

Also, wie sollte ich mich denn jetzt geben? Schrecklich wild oder betörend zärtlich?

Sie selbst, sie selbst traf für mich die Wahl. Sie beugte sich zu mir herab und streichelte mit ihrem Händchen meine Wange. In dieser Geste war etwas von Ermunterung, etwas von Spiel und etwas von einer leichten Ohrfeige. Und von einer Kußhand war da auch noch was. Und dann dieses trübe, schweinische Weiß in den Pupillen, weißer als weiße Mäuse und weißer als der siebente Himmel! Und der Bauch – wie Himmel und Erde. Fast hätte ich aufgeschluchzt vor Erregung. Mir wurde heiß und kalt, und dann vermischte sich alles: Rosen und Lilien, das Tor zum Garten Eden, feucht und bebend, und ganz und gar umrankt von kleinen, flaumigen Löckchen, Besinnungslosigkeit und rotblonde Wimpern. O zuckender Schlund des Lebens! O schamlose Plüschaugen! O Metze mit Augen wie Wolken! O wonnig-süßer Nabel!

Es mußte sich alles vermischen, um beginnen zu können, um sich jeden Freitag zu wiederholen und unvergeßlich zu bleiben. Ich weiß es: auch heute wird es so sein, wieder Rausch und gebrochene Herzen ...

Ihr werdet sagen: Glaubst du etwa, Wenitschka, du bist ihr einziger Herzensbrecher?

Was geht's mich an! Und euch erst recht! Selbst wenn sie untreu ist – mir ist das wurscht. Alter und Treue ziehen Falten in die Visage, und ich bin nicht daran interessiert, daß sie Falten in der Visage kriegt. Es ist mir wurscht, wenn sie untreu ist, vielleicht nicht ganz wurscht, aber immerhin wurscht.

Dafür hat sie Aroma und Süße. Sie ist nicht da, um befingert oder verdroschen zu werden, sie ist da, um eingeatmet zu werden. Ich habe einmal versucht, ihre verborgenen Rundungen zu zählen, aber das war nicht zu schaf-

fen. Bei der siebenundzwanzigsten angekommen, war ich so erschöpft, daß ich mich mit einem Glas Subrowka stärken mußte und die Rechnung aufgab.
Das Schönste an ihr sind allerdings ihre Arme, das muß man sagen. Besonders dann, wenn sie mit ihnen herumfuchtelt, begeistert lacht und sagt: »O Jerofejew, du Hurenbock, du verkommener!« Diese Teufelin. Wie sollte man so eine nicht einatmen?
Natürlich ist auch sie bisweilen giftig geworden. Aber das hatte überhaupt nichts zu sagen, weil das nichts anderes bei ihr ist als Selbstschutz und noch irgend so was Weibliches. Aber davon verstehe ich nichts. Als ich sie in- und auswendig kannte, entdeckte ich jedenfalls keinerlei Gift in ihr, sondern nur Erdbeeren mit Schlagsahne. An einem der bewußten Freitage zum Beispiel, ich war rundum so richtig schön warm von der Subrowka, sagte ich zu ihr:
»Komm, laß uns das ganze Leben zusammenbleiben. Am Wochenende fahren wir nach Lobnja, ich hülle dich in Samt und Seide. Ich könnte mit meinen Telefonkabeln was dazuverdienen, und du könntest in Wohlgerüchen schwelgen – zum Beispiel in Liliendüften. Ja, du könntest in Liliendüften schwelgen. Laß uns fahren!«
Und sie? Zeigte mir mit ihren Fingerchen wortlos den Vogel. Erschöpft führte ich sie an meine Nase, atmete ihren Duft ein und begann zu weinen:
»Warum nur? ... warum?«
Sie zeigte mir wieder den Vogel. Und wieder griff ich ihre Fingerchen, führte sie zur Nase, schnupperte und weinte wieder:
»Warum nur? Ich beschwöre dich, antworte. Warum?«
Und da fing auch sie zu schluchzen an und hängte sich an meinen Hals:
»Du Schwachkopf! Als wüßtest du nicht selbst, warum! Du weißt doch, warum, du armer Irrer!«
Danach wiederholte sich fast jeden Freitag das gleiche Spiel: Tränen und Vogelzeigen. Aber heute – heute wird

es sich entscheiden, weil der heutige Freitag der dreizehnte an der Zahl ist. Und Petuschki kommt immer näher. Himmlische Mutter!

Tschornoje — Kupawna

Ich begann, auf der Plattform hin- und herzulaufen, schrecklich erregt, rauchte und rauchte ...
Nach alledem behauptest du noch, daß du einsam und unverstanden bist? Du, der so viel im Herzen trägt, so viel und noch mehr! Du, der so eine in Petuschki hat! Und so einen hinter Petuschki! ... Du bist einsam? ...
Nein, nein, ich bin nicht mehr einsam und unverstanden, seit zwölf Wochen schon. Alles was war, ist nicht mehr. Ich weiß noch, damals, an meinem zwanzigsten Geburtstag, da war ich hoffnungslos einsam. Es war ein trauriger Geburtstag. Jurij Petrowitsch und Nina Wassiljewna kamen mich besuchen und brachten mir eine Flasche Stolitschnaja und eine Büchse Kohlrouladen. Beim Anblick der Kohlrouladen fühlte ich plötzlich eine so unendliche, so unbeschreibliche Einsamkeit, daß ich, ohne es zu wollen, zu weinen begann ...
Und als ich dreißig wurde letzten Herbst? Der dreißigste Geburtstag war ebenso traurig wie der zwanzigste. Borja kam mit so einer halb verblödeten Dichterin, Wadja mit seiner Lida und Ledik mit Wolodja. Sie brachten mir — na was wohl? — sie brachten mir zwei Flaschen Stolitschnaja und zwei Büchsen gefüllte Tomaten. Beim Anblick der Tomaten befiel mich eine solche Verzweiflung, eine solche Qual, daß ich weinen wollte, aber ich konnte nicht mehr ...
Bedeutet das, daß ich im Laufe von zehn Jahren weniger einsam geworden bin? Nein. Bedeutet das, daß ich in zehn Jahren verroht und verbittert bin? Nein, auch das

nicht. Eher sogar umgekehrt. Aber weinen – weinen konnte ich trotzdem nicht mehr ...

Warum? Am besten läßt sich das an einem Vergleich aus der Welt des Schönen erklären. Nehmen wir folgendes Beispiel: Wenn ein stiller Mensch siebenhundertfünfzig Gramm trinkt, wird er froh und verwegen. Und wenn er dann noch siebenhundert trinkt? Wird er davon fröhlicher? Nein, er wird wieder still. Oberflächlich betrachtet könnte man sogar meinen, er sei wieder nüchtern. Doch bedeutet das, daß er tatsächlich nüchtern ist? Keineswegs. Er ist besoffen wie ein Schwein, und deshalb ist er still.

Genauso geht es mir. Ich bin in diesen dreißig Jahren weder weniger einsam geworden, noch bin ich verroht, ganz im Gegenteil. Aber oberflächlich betrachtet – ja . . .

Doch jetzt heißt es endlich – leben! Und es ist ganz und gar nicht langweilig zu leben! Langweilig war das Leben nur für Nikolaj Gogol und König Salomon. Wenn man schon dreißig Jahre gelebt hat, dann muß man versuchen, noch weitere dreißig zu leben. Jawohl! »Der Mensch ist sterblich« – das ist meine Meinung. Aber wenn wir nun mal geboren wurden – was bleibt da übrig? Ein Weilchen müssen wir schon leben . . . »Das Leben ist schön« – das ist meine Meinung (und die Majakowskijs).

Wißt ihr denn, wie viele Geheimnisse es noch auf der Welt gibt, welche Abgründe an Unerforschtem? Und welche Freiheiten dem beschert sind, der sich von diesen Geheimnissen angezogen fühlt? Ein ganz einfaches Beispiel: Woher kommt es, daß wenn du gestern, sagen wir, siebenhundertfünfzig Gramm getrunken hast und am nächsten Morgen nicht die Möglichkeit hattest, deinen Brand zu löschen (wegen Dienst und dergleichen), und erst am späten Nachmittag, nachdem du dich sechs oder sieben Stunden lang abgerackert hast, endlich dazu kommst, was zu trinken, um die Seele zu erleichtern (nun, wieviel trinkst du?, na, sagen wir, hundertfünfzig Gramm) – woher kommt es, daß dir davon nicht leichter wird? Die Be-

nommenheit, die dich seit dem Morgen nicht verlassen hat, geht in eine Benommenheit anderer Art über, du wirst verlegen in deiner Benommenheit, deine Wangen werden hochrot wie die einer Nutte, und unter den Augen hast du blaue Ringe, als hättest du am Vorabend nicht deine siebenhundertfünfzig Gramm gehabt, sondern eine Tracht Prügel in die Fresse. Warum?
Ich kann euch sagen, warum. Weil dieser Mensch das Opfer seiner sechs oder sieben Arbeitsstunden wurde. Man muß eben die richtige Arbeit für sich auswählen können, schlechte Arbeit gibt es nicht. Es gibt keine dummen Berufe, man muß jedermanns Berufung achten. Man muß morgens, gleich wenn man aufwacht, irgendwas trinken, nein, falsch, nicht »irgendwas«, sondern genau das, was man am Vorabend getrunken hat. Man muß mit Pausen von vierzig oder fünfundvierzig Minuten trinken, und zwar soviel, daß man am Abend zweihundertfünfzig Gramm mehr intus hat als am Vorabend. Auf diese Weise wird man weder Benommenheit, noch Verlegenheit verspüren und im Gesicht so weiß sein, als hätte man schon ein halbes Jahr lang keine Schläge mehr in die Fresse gekriegt.

Seht ihr, so viele Rätsel birgt die Natur, verhängnisvolle und beglückende. Die Welt ist voller weißer Flekken. Und diese hohlköpfige Jugend, die uns ablösen will, scheint gar nicht zu bemerken, welche Geheimnisse das Leben birgt. Ihr fehlen Elan und Initiative. Und ich bezweifle, daß sie überhaupt irgendwas im Kopf haben. Was könnte zum Beispiel edler sein, als an sich selbst zu experimentieren? Als ich in deren Alter war, pflegte ich es so zu machen: am Donnerstagabend trank ich in einem Zug dreieinhalb Liter Wodka mit Bier aus und ging schlafen, ohne mich auszuziehen. Ich hatte dabei nur einen einzigen Gedanken: Werde ich am Freitagmorgen aufwachen oder nicht?
Aber am Freitagmorgen wachte ich eigentlich nie auf,

sondern am Samstagmorgen, und zwar nicht in Moskau, sondern unter dem Eisenbahndamm in der Gegend von Naro-Fominsk. Da begann ich mich dann angestrengt auf die Fakten zu besinnen, sie zu sammeln und aneinanderzureihen. Danach fing ich erneut an, sie mir ins Gedächtnis zu rufen, höchst angestrengt und durchdringend analytisch. Und dann ging ich von der Betrachtung zur Abstraktion über. Mit anderen Worten, ich dachte nach, kam langsam wieder zu mir und konstatierte schließlich, wo der Freitag geblieben war.

Schon von klein auf, als ich noch nicht mal über den Tisch sehen konnte, war mein Lieblingswort »Wagemut«, und – Gott ist mein Zeuge – was habe ich nicht alles gewagt! Wenn ihr auch nur ein einziges Mal das wagen würdet, was ich in eurem Alter gewagt habe, würdet ihr auf der Stelle einen Herzkollaps kriegen oder an der Schwindsucht eingehen. Oder nein, ihr würdet eines schönen Morgens ganz einfach nicht mehr aufwachen. Aber ich wachte auf, fast jeden Morgen und wagte es wieder ...

Zum Beispiel so: Mit achtzehn ungefähr stellte ich fest, daß ich von der ersten Dosis an bis einschließlich der fünften an Männlichkeit zunahm, und zwar unaufhaltsam, aber angefangen von der sechsten

Kupawna — Kilometer 33

bis einschließlich der neunten wurde ich zusehends weicher in den Knien. Ich wurde so weich, daß mir bei der zehnten Dosis ebenso unaufhaltsam die Augen zufielen. Und was dachte ich in meiner Naivität? Ich dachte, daß ich mich mit Willenskraft dazu zwingen müßte, den Schlaf zu besiegen und die elfte Dosis zu trinken. Dann, meinte ich, müßte sich eine Rückgewinnung der Männlichkeit einstellen. Aber nein, nichts dergleichen! Keinerlei Rückgewinnung, ich hab's versucht.

Ich schlug mich drei Jahre lang mit diesem Rätsel herum, täglich, und schlief doch täglich nach der neunten Dosis ein.

Des Rätsels Lösung war schließlich ganz einfach, nämlich: ihr müßt, nachdem ihr die fünfte Dosis getrunken habt, die sechste, siebte, achte und neunte in einem Zug trinken, allerdings *ideell*, das heißt, in der Vorstellung. Mit anderen Worten: ihr müßt durch pure Willenskraft und in einem Zug die sechste, siebte, achte und neunte nicht trinken.

Nach einer Pause geht ihr dann unmittelbar zur zehnten Dosis über, und genauso wie die Neunte Sinfonie von Anton Dvořák, die faktisch Neunte, üblicherweise als die Fünfte bezeichnet wird, genauso müßt ihr es machen: ihr müßt die sechste einfach als zehnte bezeichnen, und dann, glaubt mir, von da an werdet ihr ungehindert an Männlichkeit zunehmen und zunehmen, von der sechsten (zehnten) bis hin zur achtundzwanzigsten (zweiunddreißigsten). Das heißt, ihr werdet so lange an Männlichkeit zunehmen, bis ein Stadium erreicht ist, wo Besinnungslosigkeit und Schweinerei ihren Lauf nehmen.

Nein, wirklich, ich verachte die Generation, die nach uns kommt. Sie erfüllt mich mit Angst und Abscheu. Die würde auch ein Maxim Gorkij nicht mehr besingen wollen, nicht dran zu denken. Ich behaupte ja nicht, daß wir in deren Alter alle mit einem Heiligenschein herumgelaufen sind, Gott bewahre! Von Heiligenschein war bei uns nicht viel zu sehen, aber wie viele Dinge gab es dafür, die uns nicht scheißegal waren, aber denen – denen ist einfach alles scheißegal.

Warum könnten die sich zum Beispiel nicht so beschäftigen: Ich habe in ihrem Alter mit großen Pausen getrunken, das heißt ich trank, trank und trank und machte dann eine Pause. Danach trank, trank und trank ich wieder und machte wieder eine Pause. Deshalb kann ich leider nicht beurteilen, ob die morgendliche Depression mehr Inbrunst hat, wenn sie zur täglichen Gewohnheit wird, das heißt, wenn man von sechzehn Jahren an täglich um sieben Uhr abends seine vierhundertfünfzig Gramm trinkt. Doch würde man mir meine Jahre zurückgeben und könnte ich mein Leben nochmal von vorn beginnen, ich würde das auf jeden Fall ausprobieren. Doch sie, was tun sie?...

Und wenn es nur das wäre! Aber wie viele Geheimnisse bergen noch andere Sphären des menschlichen Lebens! Stellt euch zum Beispiel das vor: An einem Tag trinkt ihr von morgens bis abends ausschließlich Klaren und sonst nichts; am anderen Tag ausschließlich Rotweine. Am ersten Tag werdet ihr um Mitternacht wie besessen sein. Ihr werdet um Mitternacht so feurig sein, daß in der Johannisnacht die Mädchen über euch drüberspringen. Mit Begeisterung. Vorausgesetzt natürlich, daß ihr von morgens bis abends ausschließlich Klaren getrunken habt.

Und was passiert, wenn ihr von morgens bis abends ausschließlich schwere Rotweine trinkt? Die Mädchen werden in der Johannisnacht nicht daran denken, über euch drüberzuspringen. Sogar umgekehrt: würdet ihr in der Johannisnacht den Versuch machen, über ein Mädchen drüberzuspringen, würdet ihr das garantiert nicht schaffen, geschweige denn was anderes. Natürlich nur unter der Voraussetzung, daß ihr von morgens bis abends ausschließlich Roten getrunken habt!...

Ja, ja! Und wie verheißungsvoll sind die Experimente auf ganz speziellen Gebieten! Nehmen wir zum Beispiel den Schluckauf. Mein Landsmann Solouchin, der alte Dummkopf, will euch in den Wald locken, Pfifferlinge sammeln. Hört nicht auf ihn! Pfeift auf seine Pfifferlinge! Laßt uns uns lieber mit dem Schluckauf beschäftigen, ich meine mit der Erforschung des Säuferschluckaufs unter mathematischen Aspekten...

»Du lieber Gott!« schreit es von allen Seiten auf mich ein. »Gibt es denn auf der Welt gar nichts anderes, was eventuell . . .«
»Nein, eben nicht«, schreie ich nach allen Seiten zurück. »Es gibt nichts! Nichts anderes, was eventuell!« Ich bin nicht blöd, ich weiß, daß es noch die Psychiatrie auf der Welt gibt und die außergalaktische Astronomie und was sonst noch alles.
Aber das ist nichts für uns, das haben uns Peter der Große und Nikolaj Kibaltschitsch aufgeschwätzt, während unsere Berufung ganz und gar nicht da liegt, sie liegt ganz woanders! In einem Bereich, in den ich euch einführen will, wenn ihr euch nicht dagegen sträubt! Ihr werdet sagen: »Die Berufung ist langweilig und verlogen.« Aber ich sage und wiederhole es noch einmal: »Es gibt keine verlogene Berufung, man muß jede Berufung achten.«
Und überhaupt, ihr könnt mir langsam den Buckel runterrutschen! Laßt doch die außergalaktische Astronomie den Yankees und die Psychiatrie den Deutschen. Soll dieses spanische Gesindel doch seine Corrida haben, sollen doch diese Schurken von Ägyptern ihren Assuandamm bauen, sollen sie doch, diese Schurken, er wird ihnen sowieso vom Wind weg geweht. Soll sich Italien an seinem blödsinnigen Belcanto verschlucken, nur zu!
Wir aber, ich wiederhole, wenden uns dem Schluckauf zu.

Kilometer 33 — Elektrougli

Um mit seiner Erforschung beginnen zu können, muß man ihn natürlich erst hervorrufen: entweder »an sich« (siehe Immanuel Kant), das heißt, in sich hervorrufen, oder aber in einem anderen, aber im eigenen Interesse, das heißt »für sich« (siehe Immanuel Kant). Besser noch natürlich weder »an sich« noch »für sich«, sondern so:

trinkt zwei Stunden lang irgendwas Starkes, Wodka, Kräuter- oder Jägerschnaps. Trinkt es in großen Gläsern, jede halbe Stunde eins, und vermeidet nach Möglichkeit, etwas dazwischen zu essen. Wenn das jemandem schwerfällt, kann er einen Happen zu sich nehmen, aber nur ganz bescheiden: etwas Brot, nicht zu frisch, etwas Dosenfisch, einfach, in Kräuter- oder Tomatensauce.

Dann müßt ihr eine einstündige Pause machen. Ihr dürft nichts essen und nichts trinken. Lockert die Muskeln und strengt euch nicht an.

Und ihr werdet selbst sehen: nach Ablauf dieser Stunde, hick!, wird er einsetzen. Wenn ihr zum erstenmal schlucken müßt, werdet ihr euch wundern, mit welcher Plötzlichkeit er beginnt. Und dann werdet ihr euch wundern, wie unabwendbar er ein zweites Mal hochkommt, ein drittes Mal etc. Aber wenn ihr keine Dummköpfe seid, dann hört ihr schon vorher auf, euch zu wundern und geht an die Arbeit: nehmt ein Blatt Papier und schreibt auf, in welchen Intervallen der Schluckauf euch beehrt, in Sekunden natürlich:

Acht – dreizehn – sieben – drei – achtzehn.

Ihr müßt natürlich versuchen, eine gewisse Periodizität herauszufinden, wenigstens eine ganz, ganz vage. Wenn ihr doch Dummköpfe seid, dann versucht wenigstens, auf irgendeine wahnwitzige Formel zu kommen, um die Länge des folgenden Intervalls annähernd vorherbestimmen zu können. Bitte. Das Leben wird euch sowieso noch seine Streiche spielen:

Siebzehn – drei – vier – siebzehn – eins – zwanzig – drei – vier – sieben – sieben – achtzehn.

Man sagt, die Führer des Weltproletariats, Karl Marx und Friedrich Engels, hätten das Schema der gesellschaftlichen Formationen gründlich studiert und auf dieser Grundlage *vieles* vorhergesehen. Aber in diesem Fall wären auch sie außerstande, auch nur das Geringste vorherzusehen. Ihr seid aus eigener Lust und Liebe in die Sphäre des Fatalen

eingetreten, nun seid fügsam und geduldig. Das Leben wird sowieso eure elementare und auch eure höhere Mathematik ad absurdum führen:
Dreizehn – fünfzehn – vier – zwölf – vier – fünf – achtundzwanzig.
Gibt es etwa in der Folge von Aufstieg und Fall, Glück und Unglück eines jeden Menschen auch nur den geringsten Hinweis auf irgendeine Regelmäßigkeit? Gibt es etwa eine Regelmäßigkeit in der Aufeinanderfolge von Katastrophen in der Geschichte der Menschheit? Das ist ein Gesetz, das höher ist als wir. Der Schluckauf ist höher als jedes Gesetz. Und so wie uns eben erst die Plötzlichkeit seines Beginns verwundert hat, so wird euch jetzt sein Ende verwundern, das ihr wie den Tod nicht vorhersagen und nicht verhindern werdet:
Zweiundzwanzig – vierzehn – aus. Stille.
Und in diese Stille hinein sagt euch euer Herz: Er ist unerforschlich, und wir sind hilflos. Wir sind ganz einfach jeder Willensfreiheit beraubt, wir sind der nackten Willkür ausgeliefert, die keinen Namen hat und vor der es kein Entrinnen gibt.
Wir sind kleine, angsterfüllte Geschöpfe, und sie ist allmächtig. Sie, die Hand Gottes, die über uns allen schwebt und vor der nur ein Kretin und Ignorant sein Haupt nicht beugen wird.
Er ist unfaßbar für den Verstand, folglich gibt es Ihn.
Also, seid vollkommen, so vollkommen wie euer Vater im Himmel.

Elektrougli — Kilometer 43

Ja. Trinkt mehr und eßt weniger dazu. Das ist das beste Mittel gegen Selbstgefälligkeit und oberflächlichen Atheismus. Seht euch den Gottlosen an mit seinem Schluckauf: er ist verwirrt, finster, er leidet und ist verderbt. Kehrt euch von ihm ab, spuckt aus und seht mich an mit meinem Schluckauf. Ich glaube an die Bewältigung und pfeife auf irgendwelchen Widerstand. Ich glaube, daß Er gütig ist, und deshalb bin ich auch gütig und heiter.

Er ist gütig. Er führt mich aus dem Leid zum Licht. Von Moskau nach Petuschki. Durch die Qualen am Kursker Bahnhof, durch die innere Reinigung in Kutschino, durch das Gefasel in Kupawna zum Licht nach Petuschki. »Durch Leid zum Licht!« wie die Deutschen sagen.

Ich fing wieder an, auf der Plattform herumzulaufen, noch erregter als vorher. Rauchte und rauchte. Da schoß ein erleuchtender Gedanke wie ein Blitz durch mein Gehirn:

Was könnte ich noch trinken, um auch diesmal in Stimmung zu bleiben? Was könnte ich in Deinem Namen noch trinken?

So ein Malheur! Ich habe nichts, was Deiner würdig wäre. Kubanskaja? Das ist der reinste Scheißdreck! Rossijskaja? Es ist lächerlich, in Deiner Anwesenheit davon zu reden. Und der hochkarätige Rosé für einen Rubel siebenunddreißig?

O Gott! Nein, wenn ich heute heil nach Petuschki komme, werde ich einen Cocktail kreieren, den man ungeniert in Anwesenheit des Herrn und der Menschen trinken kann, in Anwesenheit der Menschen und im Namen des Herrn. Ich werde ihn »Jordanwellen« oder »Stern von Bethlehem« nennen. Wenn ich das in Petuschki vergessen sollte, erinnert mich bitte.

Lacht nicht. Ich habe reiche Erfahrung im Kreieren von Cocktails. Zwischen Moskau und Petuschki trinken sie diese Cocktails bis heute, ohne den Namen des Autors zu kennen. Sie trinken »Kanaanbalsam«, »Komsomolzenträne«, und recht haben sie, daß sie trinken. Wir können von der Natur keine milden Gaben erwarten. Wir müssen uns selbst nehmen, was wir brauchen, aber das setzt voraus, daß wir die genauen Rezepte kennen. Wenn ihr wollt, kann ich euch die Rezepte verraten. Hört zu!

Einfach nur Wodka, auch dann, wenn man ihn aus der Flasche trinkt, ist eine Qual für Körper und Seele. Wodka mit Eau de Cologne vermischt – das hat eine gewisse Raffinesse, aber es fehlt jegliches Pathos. Doch ein Glas »Kanaanbalsam« – das hat Raffinesse und Phantasie und Pathos und darüber hinaus einen metaphysischen Bezug.

Welche Komponente des »Kanaanbalsams« schätzen wir vor allen anderen? Natürlich den Spiritus. Aber der Spiritus, der nur als Objekt für die Inspiration dient, besitzt keinerlei eigene Inspiration. Was also schätzen wir in diesem Fall am Spiritus vor allem anderen? Nun, natürlich das nackte geschmackliche Erlebnis. Und noch höher schätzen wir das Miasma, das er ausdünstet. Um dieses Miasma abzutönen, braucht man eine Spur von Aroma. Deshalb vermischt man den Spiritus im Verhältnis 1 : 2 : 1 mit dunklem Bier, am besten der Marke »Ostankinskoje« oder »Senator«, und mit gereinigter Politur. Ich brauche euch ja nicht zu erklären, wie Politur gereinigt wird, das weiß jedes Kind. Komischerweise weiß in Rußland niemand, wie sich Puschkin den Tod geholt hat, aber wie Politur gereinigt wird — das weiß jeder.

Kurz, schreibt euch das Rezept für den »Kanaanbalsam« auf. Man lebt nur einmal, wie schon Nikolaj Ostrowskij sagte, und deshalb kommt es darauf an, daß man sich beim Zusammenstellen von Rezepten nicht irrt.

100 g Brennspiritus
200 g dunkles Bier
100 g gereinigte Politur

So, vor euch steht der »Kanaanbalsam«. In der Umgangssprache nennt man ihn auch »Braunbär«, weil es eine Flüssigkeit von schwarzbrauner Farbe ist, von mäßiger Stärke und beständigem Aroma. Das ist fast kein

Aroma mehr, das ist eine Hymne. Die Hymne der demokratischen Jugend! Und zwar deshalb, weil man nach Genuß dieses Cocktails Vulgarität und dunkle Kräfte entwickelt. Wie oft schon habe ich das beobachtet ...!

Um die Entwicklung dieser dunklen Kräfte irgendwie zu verhindern, gibt es zwei Möglichkeiten. Erstens: keinen »Kanaanbalsam« trinken; zweitens: an seiner Stelle den Cocktail »Geist von Genf« zu sich nehmen.

Er besitzt zwar keinen Tropfen Majestät, aber dafür Bukett. Ihr werdet mich fragen: »Worin besteht denn das Rätsel seines Buketts?« Ich werde euch antworten: »Ich weiß nicht, worin das Rätsel seines Buketts besteht.« Darauf werdet ihr einen Augenblick nachdenken und fragen: »Und was ist des Rätsels Lösung?« Des Rätsels Lösung ist die, daß man das Parfüm »Weißer Flieder« als Bestandteil des »Geist von Genf« auf keinen Fall durch was anderes ersetzen darf, weder durch Jasmin noch durch Heckenrose, noch durch Maiglöckchen. »In der Welt der Komponenten gibt es keine Äquivalente«, wie die alten Alchimisten schon sagten, und die wußten schließlich, was sie sagten. Das bedeutet, daß Maiglöckchenparfüm weiß Gott nicht dasselbe ist wie Fliederparfüm, sogar vom moralischen Aspekt gesehen, ganz zu schweigen vom Bukett.

Maiglöckchenparfüm zum Beispiel wühlt den Verstand auf, beunruhigt das Gewissen, stärkt den Gerechtigkeitssinn. Fliederparfüm dagegen beruhigt das Gewissen und söhnt den Menschen mit den Krebsgeschwüren des Lebens aus ...

Bei mir war das so: ich hatte ein ganzes Fläschchen »Silberne Maiglöckchen« ausgetrunken und begann zu weinen. Warum weinte ich? Weil mir meine Mutter eingefallen war und ich sie nicht mehr vergessen konnte. »Mama«, sage ich und weine. Und dann wieder »Mama« und weine wieder. Ein anderer, ein dümmerer, würde weiter so sitzen und weinen. Aber ich? Ich nahm ein

Fläschchen »Weißen Flieder« und trank es aus. Und was glaubt ihr? Meine Tränen versiegten, ich brach in idiotisches Gelächter aus und vergaß darüber meine Mutter samt Namen und Vatersnamen. Darum finde ich es lächerlich, wenn einer bei der Zubereitung des »Geist von Genf« ins Antifußschweißpuder »Silberne Maiglöckchen« gießt.
Hier ist das genaue Rezept:

50 g »Weißer Flieder«
50 g Antifußschweißpuder
200 g Shiguli-Bier
150 g Spritlack

Doch wenn ihr die Schöpfung nicht mit Füßen treten wollt, dann schickt sowohl den »Kanaanbalsam« als auch den »Geist von Genf« zum Teufel. Setzt euch hin und mixt euch eine »Komsomolzenträne«. Das ist ein sonderbarer Cocktail mit intensivem Geruch. Warum er so intensiv riecht, erfahrt ihr später. Zuerst erkläre ich euch, warum er sonderbar ist.
Wenn man Wodka trinkt, erhält man sich den gesunden Menschenverstand und sein Gedächtnis oder aber verliert mit einemmal beides. Die »Komsomolzenträne« dagegen hat eine ganz andere, absurde Wirkung: Wenn man hundert Gramm davon trinkt, von dieser »Träne«, bleibt das Gedächtnis scharf, aber der gesunde Menschenverstand schwindet, als hätte man nie einen gehabt. Trinkt man weitere hundert Gramm, kann man sich nur noch wundern: woher kommt plötzlich so viel gesunder Menschenverstand? Und wo ist das ganze Gedächtnis geblieben?
Schon vom Rezept der »Träne« geht Wohlgeruch aus, aber der Geruch des fertigen Cocktails schmeißt einen völlig um, jedenfalls mich.

15 g Lavendel
15 g Eisenkraut
30 g Rasierwasser »Fichtennadel«
2 g Nagellack
150 g Mundwasser »Elixier«
150 g Limonade

Die so zubereitete Mixtur muß zwanzig Minuten lang mit einem Zweig Jelängerjelieber gerührt werden. Heute wird zwar behauptet, daß man notfalls statt eines Zweiges Jelängerjelieber auch einen Zweig Hexenzwirn verwenden kann, aber das ist falsch, fast kriminell. Ihr könnt mich erschlagen, aber ich würde die »Komsomolzenträne« niemals mit Hexenzwirn umrühren, ich würde immer Jelängerjelieber nehmen. Ich platze vor Lachen, wenn ich sehe, wie andere mit Hexenzwirn in der »Träne« herumrühren, statt mit Jelängerjelieber.
Aber genug der »Träne«. Ich empfehle euch jetzt das Letzte und Beste. »Das Ende krönt das Werk«, wie der Poet sagte. Kurz, ich empfehle euch den Cocktail »Schweinegekröse«, ein Getränk, das jedes andere in den Schatten stellt. Das ist kein Getränk mehr, das ist Sphärenmusik. Was ist das Wunderbarste auf der Welt? Der Kampf um die Befreiung der Menschheit. Aber noch wunderbarer ist das hier (schreibt auf):

100 g Shiguli-Bier
30 g Haarshampon »Nacht auf dem kahlen Berge«
70 g Anti-Schuppenmittel
30 g Antifußschweißpuder
20 g Insektenbekämpfungsmittel

Alles zusammen läßt man unter Zugabe von Zigarrentabak eine Woche lang ziehen und serviert es dann ...
Ich habe übrigens Briefe erhalten, in denen müßige Leser empfehlen, den so zubereiteten Aufguß durch ein Sieb

tropfen zu lassen, das heißt in ein Sieb zu kippen und schlafen zu gehen ... Der Teufel weiß, was das soll. Diese ganzen Verbesserungsvorschläge kommen nur daher, weil es den Leuten an Vorstellungsvermögen und geistigen Höhenflügen fehlt. Daher nämlich kommen diese stümperhaften Verbesserungsvorschläge ...
Also, das »Schweinegekröse« ist serviert. Beginnt zu trinken, sobald der erste Stern am Himmel aufgeht, in großen Schlucken. Bereits nach zwei Gläsern werdet ihr eine solche Vergeistigung an euch feststellen, daß man euch aus anderthalb Meter Entfernung eine halbe Stunde lang ohne Unterbrechung in die Fresse spucken könnte, ohne daß euch das tangieren würde.

Kilometer 43 — Chrapunowo

Habt ihr denn wenigstens irgendwas aufgeschrieben? Na also, dann ist es erst mal genug für euch ... In Petuschki, verspreche ich, da werde ich euch in das Geheimnis der »Jordanwellen« einweihen, falls ich lebend dort ankomme; falls Gott mir gnädig ist.
Und nun laßt uns mal gemeinsam nachdenken, was ich jetzt trinken könnte. Was ließe sich aus dem Läusewasser, das ich noch in meinem Köfferchen habe, zusammenpantschen? Der »Kuß der Tante Klara«? Ja, das müßte gehen. Meinem Köfferchen wird man nur zwei »Küsse« entlocken können: den »Ersten Kuß« und den »Kuß der Tante Klara«. Soll ich euch erklären, was ein »Kuß« ist? Nun, ein »Kuß«, das ist eine Mischung aus halb Rotwein beliebiger Sorte und halb Wodka beliebiger Sorte. Ein trockener Traubenwein plus Pfefferwodka oder Kubanskaja — das nenne ich zum Beispiel »Erster Kuß«. Die Mischung von selbstgebranntem Schnaps mit Portwein No. 33, das ist »Der erzwungene Kuß« oder einfacher

»Kuß ohne Liebe« oder noch einfacher »Inès Armand«. Was gibt es nicht alles für »Küsse«! Damit einem nicht schlecht davon wird, muß man sich von Kind an daran gewöhnen.
Ich habe im Köfferchen eine Flasche Kubanskaja. Aber es fehlt der trockene Traubenwein. Also entfällt für mich der »Erste Kuß«, von dem kann ich nur träumen. Aber da sind noch anderthalb Flaschen Rossijskaja und der Rosé für einen Rubel siebenunddreißig. Die beiden zusammen ergeben den »Kuß der Tante Klara«. Zugegeben, er ist nichtssagend im Geschmack, um nicht zu sagen, ein Brechmittel, gut genug, um seinen Gummibaum damit zu gießen. Zugegeben. Aber was tun, wenn weder ein trockener Wein noch ein Gummibaum in der Nähe sind? Da muß ich mich eben wohl oder übel von Tante Klara küssen lassen.
Ich ging ins Abteil, um mein Pißwasser zum »Kuß« zusammenzuschütten. Wie lange war ich draußen gewesen? Seit Nikolskoje ... Auf mich richteten sich wieder die gleichen Augen wie beim erstenmal: groß, zu allem bereit, überquellend ... Mich starrte meine Heimat an, überquellend, groß und zu allem bereit. Vorhin, nach den hundertfünfzig Gramm Rossijskaja, gefielen mir diese Augen. Aber jetzt, nach den fünfhundert Gramm Kubanskaja, war ich verliebt in sie wie ein Wahnsinniger. Ich schwankte leicht, während ich das Abteil betrat, aber erreichte meinen Platz souverän und, für alle Fälle, leicht lächelnd.
Ich kam zu meinem Platz und erstarrte. Wo war meine Flasche Rossijskaja? Die Flasche, die ich in Hammer-und-Sichel nur zur Hälfte geleert hatte? Seit Hammer-und-Sichel hatte sie neben meinem Köfferchen gestanden, mit noch fast hundert Gramm darin. Wo war sie jetzt?
Ich blickte in die Runde – keiner zuckte mit der Wimper. Ich war wirklich verliebt und wahnsinnig. Wann sind die Engel weggeflogen? Sie haben schließlich auf mein Köf-

ferchen aufgepaßt, solange ich draußen war. Wann sind sie nur weggeflogen? In der Gegend von Kutschino? Richtig! Also hat man mir die Flasche zwischen Kutschino und Kilometer 43 *gestohlen*. Während ich euch meine Gefühlswelt offenbarte, während ich euch in die Geheimnisse des Seins einweihte, hat man mich des Kusses der Tante Klara beraubt. In meiner Herzenseinfalt habe ich in der ganzen Zeit kein einziges Mal ins Abteil gesehen, es ist eine Komödie ... »Eine Dummheit macht auch der Gescheiteste«, wie der Dramatiker Ostrowskij sagte. Doch nun – finita la commedia! Nicht jede Einfalt ist heilig, und nicht jede Komödie ist göttlich ... Genug des Fischens im Trüben, jetzt heißt es Menschen fischen.
Doch welche und wie?
Der Teufel weiß, in welchem Genre ich heute Petuschki erreichen werde. Seit Moskau waren da dauernd philosophische Essays und Memoiren, Gedichte in Prosa, wie bei Iwan Turgenjew ... Und jetzt beginnt ein Kriminalroman ... Ich sah in das Innere meines Köfferchens, ob alles an Ort und Stelle war. Alles war da. Aber wo waren *jene* hundert Gramm?
Ich sah nach rechts. Da saßen immer noch die beiden, der ganz, ganz Stumpfsinnige und der ganz, ganz Gescheite. Der Stumpfsinnige in der Joppe war schon längst umgeknickt und schlief. Der Gescheite im Covercoat saß dem Stumpfsinnigen gegenüber und versuchte, ihn zu wecken. Und wie brutal er das machte! Er packte ihn an einem Knopf seiner Joppe und zerrte ihn zu sich heran, als spannte er einen Bogen. Dann ließ er ihn wieder los, und der Stumpfsinnige in der Joppe segelte auf seinen Platz zurück und bohrte sich in die Rückenlehne wie der stumpfe Pfeil Amors in ein Herz.
»Trans-zen-den-tal«, dachte ich. Seit wann er das wohl macht ...? Nein, die beiden konnten die Flasche nicht gestohlen haben. Der eine trägt zwar eine Joppe, und der andere schläft nicht, was im Prinzip bedeutet, daß sie sie

beide gestohlen haben könnten, aber der in der Joppe schläft schließlich und der andere trägt einen Covercoat. Also konnte sie weder der eine noch der andere gestohlen haben ...

Ich sehe nach rückwärts, aber nein, dort ist auch nichts, was zu einer Vermutung Anlaß geben könnte. Da sitzen zwar zwei, die Anlaß zu einer Vermutung geben könnten, allerdings zu einer ganz anderen. Sehr sonderbare Menschen, diese beiden: sie und er. Sie sitzen auf verschiedenen Seiten des Abteils, beide am Fenster, und kennen sich offenbar nicht. Aber bei alledem sehen sie einander frappierend ähnlich: er im Jackett und sie im Jakkett; er mit brauner Baskenmütze und Schnurrbart und sie mit brauner Baskenmütze und Schnurrbart ...

Ich rieb mir die Augen und sah nochmal nach rückwärts ... Eine frappierende Ähnlichkeit. Sie starren einander an, mit wütendem Interesse ... Ganz klar, die konnten sie nicht gestohlen haben.

Und vorne? Ich sah nach vorn.

Vorne das gleiche Bild. Sonderbar scheinen nur zwei: der Opa mit seinem Enkel. Der Enkel ist zwei Kopf größer als sein Opa und von Geburt an schwachsinnig. Der Opa ist zwei Kopf kleiner, aber auch schwachsinnig. Die beiden sehen mir unverblümt in die Augen und lecken sich die Lippen ...

Verdächtig, dachte ich. Warum die sich wohl die Lippen lecken? Andere sehen mir schließlich auch in die Augen, ohne sich dabei die Lippen zu lecken. Sehr verdächtig ... Ich begann, sie genauso unverwandt anzustarren wie sie mich.

Der Enkel, nein, das ist wirklich ein absoluter Kretin. Schon sein Hals ist anders als bei anderen Leuten. Er ist nicht in den Rumpf hineingewachsen, sondern irgendwie aus ihm herausgewachsen, und der Nacken zieht sich mit dem Schlüsselbein bis in den Hinterkopf. Und wie idiotisch der atmet: zuerst aus, dann ein, während es doch bei allen anderen umgekehrt ist: zuerst ein, dann aus. Und wie er mich anglotzt, mit weit aufgerissenen Augen und zusammengekniffenem Mund, statt umgekehrt ... Und der Opa schaut noch angestrengter, als würde er in einen Gewehrlauf starren. Mit blauen, überquellenden Augen, aus denen es, wie aus zwei Wasserleichen, auf seine Stiefel tropft. Er sieht aus wie ein zum Tode Verurteilter mit kahlgeschorenem Schädel. Sein Gesicht ist von Narben übersät, als wäre es aus nächster Nähe zerschossen. Und mitten im zerschossenen Gesicht hängt eine aufgeblähte, blaue Nase, wie eine angefaulte Leiche, die noch am Strick baumelt ...

Sehr verdächtig, dachte ich noch einmal. Ich erhob mich etwas von meinem Platz und winkte die beiden zu mir heran.

Sie sprangen sofort auf und stürzten sich auf mich, während sie nicht aufhörten, sich die Lippen zu lecken. Auch das ist verdächtig, dachte ich; sie sind, glaube ich, sogar etwas früher aufgesprungen, als ich gewinkt habe ...

Ich bat sie, mir gegenüber Platz zu nehmen.

Sie setzten sich und starrten unverwandt auf mein Köfferchen. Das Enkelchen setzte sich irgendwie merkwürdig. Wir alle setzten uns gewöhnlich auf den Hintern, aber der kauerte sich auf die linke Arschbacke, so, als wolle er ein Bein mir anbieten und eins dem Opa.

»Wie heißt du denn, Opa, und wohin fährst du?«

Chrapunowo — Jessino

»Mitritsch, heiße ich. Und das ist mein Enkelchen, er heißt auch Mitritsch ... Wir fahren nach Orechowo in den Vergnügungspark, Karussell fahren ...«

Und das Enkelchen ergänzte:

»I-i-i-i ...«

Das war ein ungewöhnlicher Laut. Es ist verdammt schade, daß ich ihn nicht richtig wiedergeben kann. Das war kein Sprechen, sondern ein Kreischen. Und wenn er sprach, dann nicht durch den Mund, weil der dauernd zusammengekniffen war und irgendwo hinten anfing. Er sprach durch das linke Nasenloch, und das mit einer solchen Anstrengung, als müßte er das linke Nasenloch mit dem rechten hochziehen: »I-i-i-i-i, unser Zug fährt so schnell nach Petuschki, so schön ist es in Petuschki... I-i-i-i, wie betrunken der Opa ist, der gute Opa...«

»So, so. Karussell wollt ihr fahren, sagst du...«

»Ja.«

»Vielleicht doch nicht Karussell...?«

»Doch, Karussell«, bestätigte Mitritsch noch einmal mit der gleichen verängstigten Stimme, wobei das Wasser aus seinen Augen tropfte und tropfte...

»Sag mal, Mitritsch, was hast du hier gemacht, solange ich auf der Plattform war? Solange ich auf der Plattform meinen Gedanken nachhing? Über meine Gefühle nachdachte? Meine Gefühle zur Geliebten? Na? Sag mir das doch mal...«

Mitritsch rührte sich nicht, nur seine Augen fingen an, unruhig hin und her zu wandern.

»Ich? Ich habe nichts gemacht. Ich wollte nur etwas Kompott essen. Kompott mit Weißbrot...«

»Kompott mit Weißbrot?«

»Ja, Kompott. Mit Weißbrot.«

»Wunderbar. Dann ist ja alles klar: ich stehe auf der Plattform und hänge meinen Gedanken nach, und unterdessen sucht ihr auf meinem Platz etwas Kompott mit Weißbrot. Und nachdem ihr kein Kompott findet...«

Der Opa hielt es als erster nicht mehr aus und begann zu schluchzen. Dann fiel auch der Enkel ein. Seine Oberlippe fiel nach unten bis zum Nabel, wie beim Pianisten die Haare... Beide weinten...

»Ich verstehe euch, ja. Ich kann alles verstehen, wenn ich

verzeihen will ... Ich habe eine Seele, die so groß ist wie der Bauch des Trojanischen Pferdes, da läßt sich alles unterbringen. Ich verzeihe alles, wenn ich verstehen will. Und ich verstehe ... Ihr wolltet ganz einfach Kompott mit Weißbrot. Aber auf meinem Platz findet ihr weder das eine noch das andere. Und so seid ihr einfach gezwungen, das zu nehmen, was ihr findet, als Ersatz für das, was ihr wolltet ...«

Meine Beweislast hatte sie erdrückt. Sie hielten sich die Hände vors Gesicht, beide, und schaukelten reuevoll hin und her im Takt zu meinen Beschuldigungen.

»Ihr erinnert mich an einen Bekannten in Petuschki. Der trank auch nur Geschnorrtes und Geklautes. Er mopste sich zum Beispiel eine Flasche Eau de Cologne in der Apotheke, verzog sich in die Bahnhofstoilette und trank es heimlich, still und leise aus. ›Brüderschaft trinken‹, nannte er das. Er war davon überzeugt, daß das tatsächlich ›Brüderschaft trinken‹ war. Er starb schließlich in seiner Verblendung ... Ihr habt euch also auch für ›Brüderschaft trinken‹ entschlossen ...«

Sie schaukelten weiter vor sich hin und weinten. Des Enkels Schultern bebten vor Kummer.

»Genug der Tränen. Wenn ich verstehen will, bringe ich alles unter. Das, was ich auf den Schultern trage, ist kein Kopf, sondern ein ›Haus der offenen Tür‹. Wenn ihr wollt, kann ich euch noch einen anbieten. Ihr habt schon fünfzig Gramm gehabt, hier – ich kann euch nochmal fünfzig einschenken ...«

In diesem Augenblick kam jemand von hinten an uns heran und sagte: »Ich möchte auch mit Ihnen trinken.«

Alle sahen gleichzeitig auf. Es war ein Mann mit schwarzem Schnurrbart, im Jackett und mit brauner Baskenmütze. »I-i-i-i-i«, kreischte der junge Mitritsch, »schau mal, der Onkel, was für ein schlauer Onkel ...«

Der Schnurrbärtige unterbrach ihn mit strafendem Blick.

»Ich bin überhaupt nicht schlau. Ich stehle nicht, wie

manche. Ich stehle fremden Leuten keine lebensnotwendigen Dinge. Ich habe meinen eigenen mitgebracht – hier ...«

Er stellte mir eine Flasche Stolitschnaja auf das Klappbrett unter dem Fenster. »Trinken Sie einen von meinem?« fragte er mich. Ich rückte zur Seite, um ihm Platz zu machen.

»Nein, später trinke ich vielleicht einen von Ihrem, aber im Moment ziehe ich meinen eigenen vor. Den ›Kuß der Tante Klara‹.«

»Was für einen Kuß?«

»Den ›Kuß der Tante Klara‹.«

Wir schenkten uns ein, jeder das seine. Der Opa und der Enkel streckten mir beide ihr Gefäß entgegen. Sie hatten es bereitgehalten, lange bevor ich sie zu mir herangewinkt hatte. Der Opa hatte eine leere Flasche, die ich sofort wiedererkannte. Und der Enkel holte irgendwo zwischen den Beinen eine ganze Schüssel hervor.

Ich schenkte ihnen soviel ein, wie versprochen. Sie lachten.

»Auf Brüderschaft, Kinder?«

»Auf Brüderschaft.«

Alle tranken, den Kopf nach hinten geworfen, wie Pianisten. »Der Zug hält nicht in Jessino. Haltestellen in allen Ortschaften außer Jessino.«

Jessino — Frjasewo

Es begann ein Schlürfen und Raunen. Als hätte der ewig trinkende Pianist nun endlich alles ausgetrunken und, versunken in seine Mähne, die Etude »Waldesrauschen« in cis-Moll von Franz Liszt angestimmt. Als erster ergriff der Schnurrbärtige im Jackett das Wort. Komischerweise wandte er sich ausschließlich an mich:

»Ich habe bei Iwan Bunin gelesen, daß rothaarige Leute immer rot anlaufen, wenn sie trinken . . .«
»Ja und, weiter?«
»Was heißt: und weiter? Wie war es denn bei Kuprin und Maxim Gorkij? Die sind überhaupt nicht mehr zu sich gekommen . . .!«
»Schön. Und weiter?«
»Was heißt: und weiter? Was waren die letzten Worte Anton Tschechows vor seinem Tod? Erinnern Sie sich? Er sagte, und zwar auf deutsch: ›Ich sterbe‹. Und dann fügte er hinzu: ›Gebt mir Champagner.‹ Und erst dann – erst dann starb er.«
»So, so.«
»Und Friedrich Schiller? Der konnte ohne Champagner nicht leben, geschweige denn sterben. Wissen Sie, wie der geschrieben hat? Er stellte seine Füße in eine Wanne mit Eiswasser, goß sich ein Glas Champagner ein und begann zu schreiben. Ein Glas durch die Kehle gejagt – und fertig ist ein Akt der Tragödie. Fünf Gläser – und fertig ist die ganze Tragödie in fünf Akten.«
»So, so, so . . . Und . . .«
Er warf mit seinen Gedanken um sich, wie ein Triumphator mit Münzen, und ich mußte mich beeilen, um sie einen nach dem anderen aufzusammeln.
Nur zu, dachte ich.
»Und Nikolaj Gogol . . .«
»Was ist mit Nikolaj Gogol?«
»Wenn der bei den Panajews war, verlangte er immer ein besonderes rosarotes Glas . . .«
»Um daraus zu trinken?«
»Klar.«
»Was hat er denn daraus getrunken?«
»Das weiß der Teufel . . .!«
Was kann man schon aus einem rosaroten Glas trinken? Wodka, was denn sonst!
Ich und die beiden Mitritschs verfolgten seine Ausfüh-

rungen mit Interesse. Und er, der Schnurrbärtige, lachte im Vorgefühl seiner neuen Triumphe ...

»Und der Modest? der Mussorgskij? Mein Gott, der Modest, der Mussorgskij! Wissen Sie, wie der seine unsterbliche Oper ›Chowanschtschina‹ geschrieben hat? Da weiß man nicht, ob man lachen oder weinen soll. Modest Mussorgskij liegt, besoffen vom Vortag, im Straßengraben, da kommt Nikolaj Rimskij-Korssakow vorbei, im Smoking, mit einem Bambusstock in der Hand. Er bleibt stehen, der Nikolaj Rimskij-Korssakow, kitzelt den Modest mit seinem Bambusstock und sagt: ›Steh auf! Geh dich waschen und setz dich hin und schreibe deine göttliche „Chowanschtschina" zu Ende!‹ Und dann sitzen sie da, die beiden, Nikolaj Rimskij-Korssakow im Sessel, ein Bein über das andere geschlagen, mit dem Zylinder in der ausgestreckten Hand. Und ihm gegenüber, zusammengekauert auf der Bank, sitzt Modest Mussorgskij, unrasiert, völlig entkräftet, sitzt und malt schwitzend Noten. Dabei ist ihm überhaupt nicht nach Noten. Durst hat er, der Modest, sonst nichts! Aber Nikolaj Rimskij-Korssakow, mit dem Zylinder in der ausgestreckten Hand, gibt ihm nichts gegen den Durst ... Doch kaum schließt Rimskij-Korssakow hinter sich die Tür, schmeißt der Modest seine unsterbliche ›Chowanschtschina‹ hin und nichts wie in den Straßengraben. Zwischendurch steht er auf, löscht den Durst und wieder nichts wie in den Straßengraben. Übrigens, die Sozialdemokraten ...«

»Ein belesener Teufel!« unterbrach ihn begeistert der alte Mitritsch, während der junge sich Haarsträhnen ins Gesicht zog und vor Aufmerksamkeit geiferte.

»Ja, ja. Ich lese sehr gern! Es gibt so viele wunderbare Bücher auf der Welt!« fuhr der Mann im Jackett fort. »Ich saufe einen Monat, saufe einen zweiten, und dann nehme ich ein Buch und fange an zu lesen. So wunderbar kommt mir dieses Buch dann vor, und so dumm ich mir selbst, daß ich ganz mißmutig werde und nicht mehr weiterlesen kann. Ich schmeiße das Buch hin und fange wieder an zu saufen. Einen Monat, zwei und dann . . .«

»Warte«, unterbrach ich ihn, »warte. Was ist mit den Sozialdemokraten?«

»Was für Sozialdemokraten? Es geht doch hier nicht nur um die Sozialdemokraten. Alle wertvollen Menschen Rußlands, alle Menschen, die für Rußland wichtig waren, haben gesoffen wie die Löcher. Nur die Überflüssigen, die Beschränkten haben nicht gesoffen. Nehmen wir Eugen Onegin. Zu Gast bei den Larins, trank er nicht mehr als ein Glas Himbeersaft und kriegte selbst davon den Dünnpfiff. Und währenddessen haben die aufrechten Zeitgenossen Onegins beim französischen Champagner, zwischen ›Château-Lafitte‹ und ›Veuve Clicquot‹ (man beachte: ›zwischen Château-Lafitte und Veuve Clicquot‹) die ›Wissenschaft vom Aufruhr‹ und die Dekabristenbewegung geschaffen. Und als sie endlich Herzen aufweckten . . .«

»Versuch mal, den aufzuwecken, diesen Herzen«, grunzte plötzlich jemand aus der rechten Ecke. Wir zuckten alle zusammen und sahen nach rechts. Es war Amor im Covercoat, der gegrunzt hatte. »Er hätte schon in Chrapunowo aussteigen müssen, dieser Herzen, aber er fährt immer noch, der Hundesohn . . .!«

Alle, die noch konnten, brachen in Gelächter aus: »Laß ihn doch in Ruhe, verdammt, du Arsch von Dekabrist!« »Zieh ihm die Ohren lang!« »Ist es nicht egal, ob der Alte nach Chrapunowo fährt oder nach Petuschki? Vielleicht hat er Lust gekriegt, nach Petuschki zu fahren, und du jagst ihn nach Chrapunowo!« Alle hatten inzwischen Schlagseite und schwankten unmerklich und vergnügt, unmerklich und unanständig. Und ich schwankte mit ihnen . . . Ich wandte mich an den schwarzen Schnurrbart: »Angenommen, sie haben also Alexander Herzen aufgeweckt, was haben die Demokraten und die ›Chowanschtschina‹ damit zu tun?«

»Die haben sehr wohl was damit zu tun. Damit hat alles angefangen – die Fuselpantscherei statt ›Veuve Clicquot‹, der Vormarsch der Nichtadeligen, die Ausschweifung und die ›Chowanschtschina‹. Diese ganzen Uspenskijs und Pomjalowskijs konnten doch ohne Flasche keine einzige Zeile mehr schreiben! Ich habe es gelesen, ich weiß Bescheid! Sie haben verzweifelt gesoffen! Alle aufrechten Menschen Rußlands! Und warum haben sie so verzweifelt gesoffen? Weil sie aufrecht waren, deswegen nämlich, weil sie das schwere Schicksal ihres Volkes nicht mildern konnten! Das Volk erstickte in Armut und Unwissenheit, das können Sie bei Dmitrij Pissarjew nachlesen! Er spricht es ganz deutlich aus: ›Das Volk kann sich kein Rindfleisch leisten, Wodka ist billiger. Deswegen trinkt der russische Mushik, die Armut treibt ihn in den Suff. Ein Buch kann er sich nicht kaufen, weil es auf dem Markt keinen Gogol und keinen Belinskij gibt, nur Wodka, staatlichen und anderen, zum Mitnehmen, zum Hiertrinken und so weiter. Deswegen trinkt er, wegen seiner Unwissenheit!‹
Wie soll man da nicht in Verzweiflung geraten, wie soll man da nicht vom Mushik schreiben, wie ihn nicht retten wollen, wie nicht aus Verzweiflung dem Suff erliegen! Der Sozialdemokrat schreibt und trinkt und trinkt und schreibt. Aber der Mushik liest nicht und trinkt, er trinkt, ohne zu lesen. Darauf steht Uspenskij auf und erhängt sich, und Pomjalowskij legt sich in der Kneipe unter den Tresen und krepiert, und Garschin steht auf und stürzt sich im Rausch über das Geländer ...«
Der Schnurrbärtige war aufgesprungen und hatte die Baskenmütze abgeworfen. Er gestikulierte wie ein Verrückter mit hochrotem Kopf, aufgeheizt vom Wodka. Selbst der Dekabrist im Covercoat hatte seinen Herzen vergessen, war näher an uns herangerückt und heftete seine trüben, wäßrigen Augen auf den Redner ...
»Seht doch selbst, was passiert! Das Dickicht der Unwis-

senheit wird immer undurchdringlicher. Die Verelendung wächst *absolut*! Habt ihr Marx gelesen? Jawohl, *absolut*! Mit anderen Worten, es wird immer mehr und mehr gesoffen. Und im gleichen Maße wächst die Verzweiflung der Sozialdemokraten. Da würde auch kein ›Lafitte‹ und kein ›Clicquot‹ mehr helfen, um einen Herzen aufzuwecken. Das ganze denkende Rußland trauert um den Mushik und säuft, ohne aufzuwachen. Da kannst du Herzens ›Glocke‹ in ganz London schlagen, so laut wie du willst – in Rußland hebt keiner den Kopf: alle liegen in ihrer Kotze, erdrückt von ihren Sorgen!
So geht es bis zu unserer Zeit, bis zum heutigen Tag. Dieser Kreislauf, dieser unglückselige Kreislauf des Lebens schnürt mir die Kehle zu! Ich brauche nur ein gutes Buch zu lesen, da weiß ich nicht mehr, wer weswegen trinkt: die Unteren, nach oben blickend, oder die Oberen, nach unten blickend. Und schon halte ich es nicht mehr aus: ich schmeiße das Buch hin und fange an zu saufen, einen Monat, zwei und dann . . .«
»Stop!« unterbrach ihn der Dekabrist. »Geht es denn nicht ohne zu trinken? Kann man sich nicht in die Hand nehmen und nicht trinken? Der Geheimrat Goethe zum Beispiel hat überhaupt nicht getrunken.«
»Nicht? Tatsächlich überhaupt nicht?« Der Schnurrbärtige erhob sich sogar und setzte seine Baskenmütze auf. »Das kann nicht sein!«
»Das kann eben doch sein. Er konnte sich in die Hand nehmen und keinen Tropfen trinken . . .«
»Sie meinen Johann Wolfgang von Goethe?«
»Ja. Ich meine Johann Wolfgang von Goethe, der nie einen Tropfen getrunken hat.«
»Merkwürdig . . . Und wenn ihm Friedrich Schiller was angeboten hätte? Ein Glas Champagner?«
»Auch dann nicht. Er hätte sich in die Hand genommen und nicht getrunken. Er hätte gesagt: Ich trinke keinen Tropfen.«

Der Schnurrbärtige wurde ganz still und schwermütig. Sein ganzes System war unter den Augen des Publikums zusammengebrochen, ein so wunderbar aufgebautes System brillanter, zündender Ideen.

Hilf ihm, Jerofejew, dachte ich. Hilf dem armen Kerl. Gib eine Allegorie oder irgendwas ähnliches von dir...

»Sie behaupten also, der Geheimrat Goethe hätte keinen einzigen Tropfen getrunken?« Ich drehte mich zum Dekabristen um. »Wissen Sie auch, warum er nicht getrunken hat? Was war es, was ihn dazu bewogen hat, nicht zu trinken? Alle aufrechten Menschen haben getrunken, und er nicht. Warum? Das ist ganz einfach: Nehmen wir unseren Zug nach Petuschki. Warum hält er überall, nur nicht in Jessino? Warum könnte er nicht auch in Jessino halten? Aber nein, er rast daran vorbei. Das kommt daher, daß in Jessino keine Passagiere sind, die steigen alle in Chrapunowo oder Frjasewo zu. Ja. Sie legen den ganzen Weg von Jessino bis Chrapunowo oder Frjasewo zu Fuß zurück und steigen dort ein. Und warum? Weil der Zug in Jessino durchrauscht, ohne zu halten. So auch Johann Wolfgang von Goethe, der alte Querkopf. Glauben Sie vielleicht, der hätte nicht gern einen zur Brust genommen? Und ob! Aber um nicht selbst zu versumpfen, hat er statt dessen seine ganzen handelnden Personen trinken lassen. Nehmen Sie zum Beispiel den Faust: wer säuft da nicht? Alle saufen. Faust säuft und wird dabei immer jünger, Siebel säuft und geht auf den Faust los, der Mephisto tut auch nichts anderes als saufen; säuft, bietet den Studenten an und singt das Lied vom König und dem Floh. Sie werden fragen, wozu der Geheimrat Goethe das alles nötig hatte. Darauf kann ich Ihnen nur eins antworten: Warum hat er den Werther sich eine Kugel durch den Kopf jagen lassen? Weil er, und dafür gibt es Beweise, selbst an der Grenze zum Selbstmord war, und um sich nicht selbst zu versündigen, hat er es an seiner Stelle den Werther tun lassen. Verstehen

Sie? Er blieb am Leben, aber so, als hätte er Selbstmord begangen. Und damit war er voll und ganz zufrieden. Doch das ist schlimmer als Selbstmord. Das ist Feigheit und Egoismus und darüber hinaus schöpferische Niederträchtigkeit ...

Und genauso, wie er sich erschossen hat, hat er auch gesoffen, Ihr Geheimrat. Mephisto säuft, und er freut sich, der Hundesohn. Faust säuft, und er kriegt den Rausch, der alte Bock. Mit mir hat auf der Baustelle ein gewisser Kolja gearbeitet, der war genauso: selbst trinkt er nichts vor Angst, daß ihm beim ersten Schluck die Sicherung durchbrennt und daß er dann mit dem Schlucken wochen- und monatelang nicht mehr aufhören kann. Aber uns zwingt er geradezu zum Trinken. Schenkt uns ein, grunzt und frohlockt, der Drecksack, der dreckige ... So auch Ihr vielgerühmter Johann Wolfgang von Goethe. Schiller schenkt ihm ein, und er lehnt ab – von wegen! Ein Alkoholiker war er, Ihr Geheimrat Johann Wolfgang von Goethe, ein Trunkenbold! Dem zitterten nur so die Hände ...«

»Da haben wir's ...«, der Dekabrist und der Schnurrbärtige strahlten mich glücklich an. Das schöne System war wiederhergestellt und mit ihm die gute Laune. Der Dekabrist holte mit ausschweifender Geste eine Flasche Pfefferwodka aus seinem Covercoat und stellte sie dem Schnurrbärtigen zu Füßen. Der Schnurrbärtige holte seine Flasche Stolitschnaja hervor. Alle rieben sich die Hände, merkwürdig erregt ...

Sie gossen mir ein – mehr als allen anderen. Dem alten Mitritsch gossen sie auch ein und gaben auch dem jungen ein Glas. Der drückte es glücklich mit dem rechten Oberschenkel an die linke Brustwarze, wobei ihm aus beiden Nasenlöchern die Tränen kamen ...

»Also, auf das Wohl des Geheimrats Johann Wolfgang von Goethe!«

»Ja, auf das Wohl des Geheimrats Johann Wolfgang von Goethe.«

Als ich mein Glas geleert hatte, merkte ich, daß mir über alle Maßen blümerant wurde und allen anderen mit mir ...

»Erlauben Sie mir eine kleine Frage«, sagte der Schnurrbärtige durch das belegte Brot in seinem Schnurrbart hindurch. Er wandte sich wieder ausschließlich an mich.

»Sagen Sie, warum haben Sie so traurige Augen? Wie kann man traurig sein, wenn man solche Erkenntnisse hat! Man könnte meinen, Sie hätten seit dem Morgen nichts getrunken!«

Ich war fast beleidigt:

»Was heißt, nichts getrunken? Und wieso traurige Augen? Die sind überhaupt nicht traurig, die sind trübe. Ich habe mich etwas übernommen ...«

»Nein, nein, Ihre Augen sind trübe vor Traurigkeit! Sie sind wie Goethe! Sie widerlegen mit Ihrem Anblick ein Lemma von mir; ein etwas spekulatives, aber immerhin aus der Erfahrung gereiftes Lemma. Sie sind wie Goethe, Sie widerlegen ...«

»Mit den trüben Augen?«

»Ja, mit den trüben Augen. Hören Sie zu, worin mein heimliches Lemma besteht. Wenn wir abends trinken und am nächsten Morgen nicht trinken, wie fühlen wir uns dann abends und wie am nächsten Morgen? Wenn ich getrunken habe, bin ich lustig wie ein Teufel, aktiv, ungestüm und rastlos. Ja. Und am nächsten Morgen? Am nächsten Morgen bin ich nicht nur unlustig, nicht nur inaktiv, nein. Ich bin um soviel schwermütiger als ich normalerweise in nüchternem Zustand bin, als ich am Vorabend lustiger war, als ich normalerweise bin. Wenn ich am Vorabend vom Eros heimgesucht wurde, so ist mein morgendlicher Ekel genauso groß wie mein abendliches Glück. Was will ich damit sagen? Sehen Sie mal:

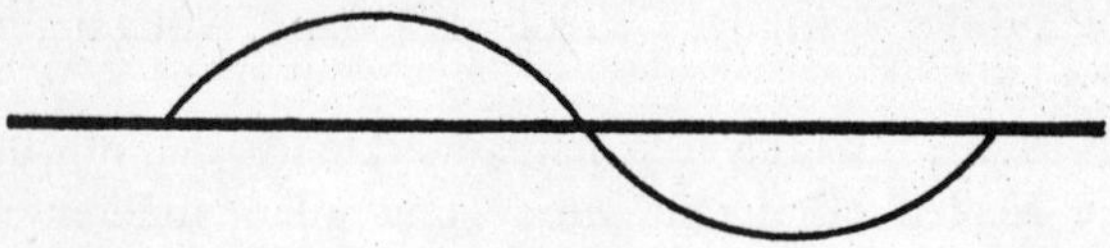

Und der Schnurrbärtige malte auf ein Stück Papier diesen Stuß da auf. Er erklärte: »Die horizontale Linie – das ist die Linie der üblichen Nüchternheit, das heißt die alltägliche Linie. Der höchste Punkt der Kurve – das ist der Augenblick des Einschlafens. Der niedrigste – der Augenblick des Erwachens aus dem Rausch ...

Sehen Sie, das ist doch die totale Symmetrie! Diese dumme Natur ist um nichts auf der Welt so eifrig besorgt, wie um das Gleichgewicht. Ich weiß nicht, ob diese Sorge moralisch ist, auf jeden Fall ist sie streng geometrisch. Diese Kurve hier zeigt uns nicht nur unseren Lebenstonus an, nein! Sie zeigt uns alles an. Abends Furchtlosigkeit, sogar wenn ein Grund vorhanden wäre, sich zu fürchten, Furchtlosigkeit und die Unterbewertung aller Werte. Morgens die Überbewertung aller Werte, eine Überbewertung, die in völlig unbegründete Angst übergeht.

Wenn uns die Natur abends im Suff überreichlich bedenkt, dann zieht sie uns am nächsten Morgen mit mathematischer Genauigkeit genausoviel wieder ab. Hat man abends die Tendenz zum Idealismus – bitte sehr, am nächsten Morgen kehrt sich diese Tendenz genau ins Gegenteil, zum Antiidealismus. Selbst dann, wenn der Idealismus bestehen bleibt, ruft er eine Antitendenz hervor. Da haben Sie in zwei Worten mein heimliches Lemma ... Es ist allgemein gültig und auf jeden anwendbar. Aber bei Ihnen ist alles nicht so wie bei den anderen, bei Ihnen ist alles wie bei Goethe ...!«

Ich lachte: »Warum ist es denn ein Lemma, wenn es allgemein gültig ist?«

Der Dekabrist lachte auch: »Wie kann es denn ein Lemma sein, wo es doch allgemein gültig ist?«
»Es ist eben doch ein Lemma, weil es nämlich auf die Weiber nicht anwendbar ist. Auf den Menschen als solchen ist es anwendbar, aber auf die Weiber nicht! Mit dem Auftauchen der Frau gerät jegliche Symmetrie durcheinander. Wäre die Frau keine Frau, wäre das Lemma kein Lemma. Das Lemma ist allgemein gültig, solange keine Frau da ist. Sobald eine Frau auftaucht, verschwindet das Lemma. Besonders dann, wenn die Frau schlecht ist und das Lemma gut.«
Alle fingen gleichzeitig an zu reden: »Was soll das überhaupt sein, ein ›Lemma‹? Und was ist eine ›schlechte Frau‹? Eine Frau kann nicht schlecht sein, nur ein Lemma kann schlecht sein.«
»Ich zum Beispiel«, sagte der Dekabrist, »habe dreißig Weiber, eins schmuddliger als das andere, obwohl ich keinen Schnurrbart habe. Sie haben einen Schnurrbart und deshalb wahrscheinlich eine gute, aber eben nur eine Frau. Trotzdem glaube ich, daß es besser ist, dreißig von den allerschlechtesten Weibern zu haben als eins von den besten ...«
»Was hat denn der Schnurrbart damit zu tun? Wir reden von Weibern und nicht von Schnurrbärten!«
»Von Schnurrbärten auch. Gäbe es keine Schnurrbärte, würden wir nicht reden ...«
»Der Teufel weiß, was Sie daherfaseln. Ich glaube jedenfalls, daß eine gute Frau genausoviel wert ist wie Ihre dreißig alle zusammen. Was halten Sie davon?« Der Schnurrbärtige wandte sich wieder an mich. »Was halten Sie davon, vom wissenschaftlichen Standpunkt?«
»Vom wissenschaftlichen Standpunkt«, sagte ich, »ist sie natürlich genausoviel wert. In Petuschki zum Beispiel kriegt man für dreißig leere Flaschen eine volle mit Kräuterschnaps. Und angenommen, man bringt ihnen ...«
»Was? Eine für dreißig? Warum denn so viel?« ereiferten

sich alle. »Na, weil es darunter keiner macht! Zwölf Kopeken Pfand pro Flasche macht bei dreißig Flaschen drei sechzig, während der Kräuterschnaps zwei zweiundsechzig kostet. Das weiß jedes Kind. Wie sich Puschkin den Tod geholt hat, weiß keiner, aber das weiß jeder. Klar, drei sechzig ist gut, besser als zwei zweiundsechzig, aber du nimmst trotzdem kein Wechselgeld, weil hinter der Theke eine gute Frau steht, und eine gute Frau muß man respektieren ...«

»Und warum ist das eine gute Frau hinter der Theke?«

»Weil eine schlechte eure Flaschen überhaupt nicht nehmen würde. Aber die gute nimmt eure schlechten Flaschen und gibt euch eine gute dafür. Deshalb muß man sie respektieren ... Wozu sind die Weiber überhaupt auf der Welt?« Alle schwiegen bedeutungsvoll. Jeder dachte das Seine oder aber alle dasselbe. Ich weiß nicht.

»Die Weiber sind auf der Welt, um respektiert zu werden. Was sagte noch Maxim Gorkij auf Capri? ›Der Maßstab jeder Zivilisation ist die Art und Weise des Umgangs mit der Frau.‹ So auch ich: Wenn ich mit dreißig leeren Flaschen ins Geschäft in Petuschki komme, sage ich: ›Teuerste‹, sage ich mit so versoffener und trauriger Stimme, ›Teuerste, ich wollte Kräuterschnaps, seien Sie so gut ...‹ Dabei ist mir klar, daß ich fast einen ganzen Rubel zuviel gebe: drei sechzig minus zwei zweiundsechzig. Schade drum. Sie schaut mich an und denkt: Soll ich diesem Mistkerl den Rest rausgeben oder nicht? Ich schaue sie auch an und denke: Wird sie mir rausgeben, das Miststück, oder nicht? Das heißt, in diesem Augenblick schaue ich sie gar nicht an. Ich schaue durch sie hindurch, irgendwohin ins Weite. Und was ersteht vor meinem geistigen Auge? Die Insel Capri. Es wachsen die Agaven und die Tamarinden, und darunter sitzt Maxim Gorkij in weißen Hosen, unter denen die behaarten Beine hervorsehen. Er droht mir mit dem Zeigefinger: ›Nimm kein Wechselgeld, untersteh dich!‹ Ich zwinkere ihm zu:

›Schon gut, schon gut, aber wovon soll ich mir was zu fressen kaufen, wenn ich ausgetrunken habe?‹
Darauf er: ›Laß nur, Wenja, du wirst es schon aushalten. Wenn du unbedingt fressen willst, dann brauchst du ja nicht zu saufen.‹ Und so gehe ich ohne Wechselgeld und ärgere mich. Maßstab der Zivilisation! denke ich. Mein lieber Gorkij! Du bist mir so ein Maßstab. Bist du so dämlich oder warst du besoffen, als du das da in Capri verzapft hast? Du hast gut reden, sitzt auf Capri und frißt Agaven. Und was soll ich fressen?«
Die Passagiere lachten, und der Enkel fing an zu kreischen: »I-i-i-i, was für schöne Agaven, was für schöne Capris . . .«
»Was die Frauen betrifft«, sagte der Dekabrist, »sind die schlechten manchmal nicht auch zu was gut?«
»Aber sicher, aber sicher«, antwortete ich ihm. »Gerade ein guter Mensch braucht manchmal geradezu eine schlechte Frau. Schauen Sie mich an. Ich lag vor zwölf Wochen noch im Sarg, schon seit vier Jahren, so daß ich bereits aufgehört hatte zu stinken. Da sagte man zu ihr: ›Siehst du, er liegt im Sarg. Erwecke ihn von den Toten, wenn du kannst.‹ Sie schritt zum Sarg; ihr hättet sehen sollen, wie sie schritt!«
»Das kennen wir«, sagte der Dekabrist. »Sie schreitet so, wie sie schreibt. Und schreiben tut sie wie Leo, und Leo schreibt nichts als Kacke.«
»Eben, eben! Sie schritt zum Sarg und sagte: ›Talitha qûmî.‹ Das bedeutet in der Übersetzung aus dem Hebräischen: ›Ich sage dir, stehe auf und geh.‹ Und was geschah? Ich stand auf und ging. Und nun laufe ich schon seit drei Monaten herum mit meinen trüben Augen . . .«
»Die trüben Augen kommen von der Traurigkeit«, wiederholte der Schnurrbärtige mit der Baskenmütze. »Und die Traurigkeit kommt von den Weibern.«
»Die trüben Augen kommen davon, wenn man über den Durst trinkt«, unterbrach ihn der Dekabrist.

»Was heißt hier ›über den Durst‹? Und warum trinkt jemand ›über den Durst‹? Weil er, angenommen, traurig ist und zu einer Frau fährt. Schließlich kann man nicht zu einer Frau fahren, ohne zu trinken. Es müßte schon eine schlechte Frau sein. Und wenn sie tatsächlich schlecht ist, muß man erst recht trinken. Je schlechter sie ist, desto besser muß man trinken!«

»Ich muß schon sagen«, rief der Dekabrist aus, »wie gut, daß wir hier alle so gebildet sind! Bei uns geht es gerade so zu wie bei Turgenjew: wir sitzen da und diskutieren über die Liebe. Wißt ihr was, ich erzähle euch was – von einer einmaligen Liebe und davon, wie nützlich manchmal schlechte Weiber sind ...! Laßt es uns so machen, wie bei Turgenjew. Jeder soll was erzählen ...«

»Einverstanden!« »Einverstanden, wie bei Turgenjew!« Sogar der alte Mitritsch, sogar der sagte: »Einverstanden!«

Kilometer 61 – Kilometer 65

Als erster begann der Dekabrist zu erzählen:

»Ich hatte einen Freund, den ich nie vergessen werde. Er war zwar immer schon irgendwie unberechenbar, doch plötzlich schien der Teufel in ihn gefahren zu sein. Wißt ihr, in wen er sich verrannt hat? In die berühmte sowjetische Harfenistin Olga Erdeli. Vera Dulowa ist zwar auch eine berühmte Harfenistin, aber nein, er muß sich in die Erdeli verrennen. Dabei hat er sie kein einziges Mal im Leben gesehen, nur gehört, wie sie im Radio auf der Harfe klimpert. Mach was dran. Liegt da und steht nicht mehr auf. Arbeitet nichts, lernt nichts, trinkt nichts, raucht nichts, will keine Mädchen sehen und streckt den ganzen Tag den Kopf nicht aus dem Fenster. Her mit der Erdeli und basta. Eine Liebesnacht mit der Erdeli, be-

hauptet er, und ich werde auferstehen. Erst danach fange ich wieder an zu arbeiten und zu lernen, zu rauchen und zu trinken und aus dem Fenster zu schauen.
›Muß es denn unbedingt die Erdeli sein?‹ fragen wir ihn. ›Nimm doch Vera Dulowa. Sie spielt großartig.‹
Darauf er: ›Ihr könnt mir gestohlen bleiben mit eurer Vera Dulowa. Der Schlag soll sie treffen, eure Vera Dulowa. Neben die setze ich mich nicht einmal zum . . . . . ßen hin!‹
Wir sehen schon, der Kleine dreht durch. Nach ein paar Tagen besuchen wir ihn wieder: ›Na, phantasierst du immer noch von Olga Erdeli? Wir haben eine Medizin für dich: wenn du willst, schleppen wir dir morgen die Dulowa an.‹
›Nur zu‹, antwortet er, ›wenn ihr wollt, daß ich eure Vera Dulowa mit einer Harfensaite erwürge, könnt ihr sie herbringen. Ich erwürge sie.‹
Was tun? Der Arme schien langsam seinen Geist aufzugeben. Wir mußten ihn irgendwie retten. Ich machte mich auf den Weg zu Olga Erdeli, um ihr zu erklären, was los war, konnte mich dann aber doch nicht dazu durchringen. Ich wäre fast noch zu Vera Dulowa gegangen, doch nein, dachte ich, der zertritt sie wie ein Veilchen. Und so lief ich abends durch Moskau und war untröstlich. Die sitzen dort und spielen auf ihren Harfen, dachte ich, werden fett und kugelrund dabei, während der arme Kleine langsam zu Schutt und Asche zerfällt.
Da läuft mir so eine Thusnelda über den Weg, nicht besonders alt, aber voll wie eine Haubitze. ›Gib mir einen Rrrubel‹, sagt sie, ›einen Rrrubel!‹ Und da kam mir die Erleuchtung. Ich gab ihr den Rubel und erklärte ihr alles. Sie, die kleine Filzlaus, erwies sich als nicht so begriffstutzig wie die Erdeli. Damit es überzeugender wirkte, klemmte ich ihr eine Balalaika unter den Arm und schleppte sie zu meinem Freund.
Wir kommen rein – er liegt noch genauso da wie vorher

und bläst Trübsal. Ich warf ihm erst die Balalaika zu, direkt von der Schwelle. Und dann ließ ich diese Olga auf ihn los, ich schleuderte sie ihm ins Gesicht ... ›Da hast du deine Erdeli! Wenn du's nicht glaubst, frag sie selbst!‹ Und was sehe ich am nächsten Morgen? Sein Fenster ist geöffnet, er schaut raus und raucht leise. Es dauert nicht lange, da fängt er auch wieder an zu arbeiten, zu lernen, zu trinken ... Und wird wieder ein Mensch wie jeder andere. Da seht ihr's.«

»Wo ist denn da die Liebe, und wo ist Turgenjew?« fingen alle gleichzeitig an, noch bevor er geendet hatte. »Nein, nein, wir wollen eine richtige Liebesgeschichte hören! Hast du Iwan Turgenjew gelesen? Na also, dann erzähl! Von der Ersten Liebe, von Sinotschka, vom Schleier, und wie man dir mit der Reitpeitsche eins über die Fresse gezogen hat – ungefähr so mußt du es erzählen ...«

»Bei Iwan Turgenjew«, fügte ich hinzu, »war das alles natürlich etwas anders. Bei ihm traf man sich am Kamin, im Zylinder, mit steif gestärkten Jabots. Aber was soll's, wir haben auch ohne Kamin was zum Wärmen. Und auf die Jabots können wir zur Not auch verzichten. Wir sind auch ohne ganz schön steif ...«

»Und ob! Und ob!«

»Wenn man so liebt, wie bei Turgenjew, das bedeutet: alles aufopfern für das auserwählte Geschöpf! Das tun können, was unmöglich wäre, wenn man nicht liebte, wie bei Turgenjew. Könntest du (wir waren unmerklich zum ›du‹ übergegangen), könntest du, Dekabrist, zum Beispiel deinem Freund, von dem du erzählt hast, könntest du ihm einen Finger abbeißen? Für die geliebte Frau?«

»Warum denn einen Finger abbeißen? Warum denn einen Finger?« stöhnte der Dekabrist.

»Nein, nein, hör zu. Könntest du dich nachts ins Parteibüro schleichen, die Hosen ausziehen und ein ganzes

Glas Tinte austrinken; dann das Glas wieder an seinen alten Platz stellen, die Hosen wieder anziehen und dich leise nach Hause schleichen? Für die geliebte Frau? Könntest du das?«

»Mein Gott! Nein, das könnte ich nicht.«

»Na, siehst du . . .«

»Aber ich könnte es!« meldete sich plötzlich der alte Mitritsch zu Wort. So unerwartet, daß alle anfingen, auf dem Hintern herumzurutschen und sich unruhig die Hände zu reiben. »Ich könnte auch was erzählen . . .«

»Du? Was erzählen? Du hast doch Iwan Turgenjew garantiert nicht gelesen.«

»Und wenn schon. Dafür hat mein Enkel alles gelesen . . .«

»Schon gut, schon gut! Der Enkel kann später was erzählen. Dem Enkel geben wir nachher das Wort. Komm Opa, schieß los, erzähl uns was über die Liebe.«

Man kann sich vorstellen, was da für ein Blödsinn rauskommen wird, dachte ich, was für ein haarsträubender Blödsinn! Und plötzlich fiel mir ein, wie ich vor meiner Königin geprahlt hatte am Tag unseres Kennenlernens: »Ich kann noch mehr haarsträubendes Zeug unterbringen. Immer höher, immer weiter!« Nun, sollte er erzählen, dieser tränende Mitritsch. Ich wiederhole: man muß die geheimen Winkel der menschlichen Seele achten, man muß in sie hineinsehen, auch wenn es nichts zu sehen gibt, wenn da nichts anderes ist als Scheiße, trotzdem: sieh hin und achte, was du siehst, sieh hin, ohne auszuspucken . . .

Der Opa begann zu erzählen:

Kilometer 65 — Pawlowo-Possad

»Wir hatten einen Vorsitzenden ... Lohengrin nannten sie ihn. Ein so strenger Charakter ... und überall voller Furunkel. Jeden Abend fuhr er mit dem Motorboot hinaus. Setzt sich ins Boot und fährt auf dem Fluß dahin ... fährt und drückt sich die Furunkel aus.«
Aus den Augen des Erzählers tropfte das Wasser. Er schien tief bewegt.
»Und wenn er dann genug Boot gefahren war, kam er ins Büro und legte sich auf den Boden ... Da wurde er dann ganz unzugänglich – schwieg und schwieg. Und wenn ihm einer ein verkehrtes Wort sagte, verzog er sich in eine Ecke und begann zu weinen. Stand da und weinte und pißte auf den Boden, wie ein kleines Kind ...«
Der Opa verstummte plötzlich. Sein Mund verzog sich, seine blaue Nase leuchtete auf und verlosch. Er weinte! Er weinte wie eine Frau, hielt sich die Hände vors Gesicht, und seine Schultern bebten, bebten und wogten wie Wellen ...
»Nun, Mitritsch, das war's wohl ...?«
Das ganze Abteil bebte vor Lachen. Alle lachten, unanständig und vergnügt. Und der Enkel fing an zu zucken, von oben nach unten und von links nach rechts, um sich vor Lachen nicht in die Hose zu machen. Der Schnurrbärtige war verärgert:
»Wo bleibt denn da Turgenjew? Wir haben doch ausgemacht: wie bei Iwan Turgenjew. Aber das da ... der Teufel weiß, was das soll. Einer mit lauter Furunkeln, und pissen tut er auch noch.«
»Der hat das wahrscheinlich aus einem Film«, brummte jemand von der Seite, »aus dem Film ›Der Vorsitzende‹!«
»Das und ein Film. Zum Teufel mit ihm!«
Aber ich verstand den alten Mitritsch, ich verstand seine Tränen. Ihm tat einfach jeder und jedes leid: der Vorsitzende, dem man einen so schmählichen Spitznamen ge-

geben hatte, die Wand, die er anpinkelte, das Boot und die Furunkel – alles tat ihm leid. Erste Liebe oder letztes Mitleid – wo ist da der Unterschied? Christus predigte uns Mitleid, als er am Kreuze starb, von Spott hat er nichts gesagt.

Das Mitleid und die Liebe zu dieser Welt sind unteilbar. Die Liebe zu allem Irdischen, zu jeglichem Leib. Und das Mitleid für die Frucht eines jeden Leibes.

»Komm, Opa«, sagte ich, »komm, ich lade dich ein. Du hast es verdient! Du hast uns so schön erzählt von der Liebe . . .«

»Laßt uns alle trinken! Auf Iwan Turgenjew, den Edelmann von Orjol und Bürger des schönen Frankreich!«

»Jawohl! Auf den Edelmann von Orjol!«

Es begann wieder jenes Gluckern und Schlürfen, und dann wieder jenes Schmatzen und Raunen. Der Pianist spielte eine Zugabe auf die Etude in cis-Moll von Franz Liszt.

Zuerst bemerkte keiner, daß sich am Eingang zu unserem Coupé (nennen wir es »Coupé«) eine Frauengestalt aufgebaut hatte. Sie trug eine braune Baskenmütze, ein Jakkett und hatte einen kleinen schwarzen Schnurrbart. Sie war von oben bis unten besoffen, und die Baskenmütze hing ihr schief auf dem Kopf.

»Ich will auch Turgenjew und was zu trinken«, sagte sie mit ihrer umfangreichen Bauchstimme.

Die Konfusion dauerte nur ein paar Augenblicke.

»Die Appetitliche kommt mit dem Essen«, spöttelte der Dekabrist. Alles lachte.

»Was gibt es da zu lachen«, sagte der Opa. »Sie ist eine Frau wie jede andere, gut und schön weich . . .«

»Solche Weiber«, entgegnete düster der Schnurrbärtige, »sollte man auf die Krim schicken und dort den Wölfen zum Fraß vorsetzen . . .«

»Nicht doch, nicht doch«, protestierte ich etwas nervös. »Sie soll sich zu uns setzen! Sie soll uns was erzählen!

Und ihr wollt Turgenjew und Maxim Gorkij gelesen haben. Habt ihr nicht mehr daraus gelernt?«
Ich rückte zur Seite, damit sie sich zu uns setzen konnte, und goß ihr ein halbes Glas von meiner »Tante Klara« ein.
Sie trank es aus und schob, anstatt sich zu bedanken, ihre Baskenmütze etwas zur Seite. »Seht ihr das?« fragte sie und zeigte uns die Schramme, die sie über dem Ohr hatte. Dann schwieg sie einen Augenblick feierlich und hielt mir das Glas wieder hin: »Gib mir noch einen Schluck, junger Mann, sonst fall ich in Ohnmacht.«
Ich goß ihr noch ein halbes Glas ein.

Pawlowo-Possad — Nasarjewo

Sie trank auch das aus, und auch diesmal wieder irgendwie mechanisch. Dann riß sie ihren Mund auf und sagte: »Seht ihr das? Vier Zähne weg.«
»Wo sind sie denn, die Zähne?«
»Was weiß ich, wo die sind. Ich bin eine gebildete Frau und muß ohne Zähne rumlaufen. Er hat sie mir wegen Puschkin ausgeschlagen. Da höre ich zufällig, daß ihr hier ein literarisches Gespräch führt. Geh, denke ich, setz dich zu ihnen, trink einen Schluck und erzähle ihnen, wie man dir wegen Puschkin den Schädel eingeschlagen und vier Vorderzähne ausgeschlagen hat.«
Sie begann, uns ihre Geschichte zu erzählen, in einem wilden Stil ...
»Alles hat mit Puschkin angefangen. Eines Tages schickte man uns dem Komsomolorganisator Jewtjuschkin. Der hatte nichts Besseres zu tun, als die Mädchen in den Hintern zu kneifen und Gedichte zu rezitieren. Eines Tages packt er mich plötzlich an den Waden und schreit: ›Hat dich mein Blick jemals gequält?‹ Ich antworte: ›Und

wenn er hätte?‹ Darauf packt er mich wieder an den Waden: ›Hat meine Stimme dich beseelt?‹ Er reißt mich plötzlich an sich und zerrt mich irgendwohin. Und als es sich ausgezerrt hatte, lief ich tagelang wie im Tran herum und wiederholte immerzu: ›Puschkin – Jewtjuschkin – gequält – beseelt.‹ ›Gequält – beseelt – Puschkin – Jewtjuschkin‹ . . .«

»Komm zur Sache«, unterbrach sie der Schnurrbärtige, »komm zu den Vorderzähnen.«

»Gleich, gleich komme ich zu den Zähnen! Sie werden Ihre Zähne schon kriegen! . . . Wie ging es weiter? Ja, seit jenem Tag lief alles gut; ein ganzes halbes Jahr versuchten wir den Himmel auf dem Heuboden, und alles lief gut! Aber dann hat dieser Puschkin wieder alles versaut. Ich bin nämlich wie Jeanne d'Arc. Was tut die, anstatt ihre Kühe zu hüten und ihr Korn zu ernten? Schwingt sich aufs Pferd und reitet auf ihrem Hintern nach Orleans, Abenteuer suchen. So auch ich. Kaum habe ich was getrunken, gehe ich auf ihn los: ›Wer soll denn für dich die Kinder großziehen? Puschkin, was?‹ Und er schnauzt zurück: ›Was denn für Kinder? Es sind doch keine da! Was hast du denn mit deinem Puschkin?‹ Und darauf ich: ›Wenn sie da sind, ist es zu spät, sich auf Puschkin zu besinnen!‹

Und so ging es jedes Mal, kaum daß ich bißchen was getrunken hatte. ›Die Kinder‹, sage ich, ›wer soll die für dich großziehen? Puschkin, was?‹ Und er tobt: ›Geh weg, Darja‹, schreit er, ›laß mich. Du bringst mich zur Weißglut!‹ Ich haßte ihn in diesen Augenblicken, ich haßte ihn so sehr, daß mir davon schwarz vor Augen wurde. Und trotzdem, nachher liebte ich ihn wieder, so sehr, daß ich nachts davon aufwachte . . .

Aber neulich, da konnte ich mich nicht mehr bremsen. Ich war blau wie ein Veilchen. Ich stürzte mich auf ihn und brüllte: ›Soll vielleicht Puschkin die Kinder für dich großziehen? Was? Puschkin vielleicht?‹ Kaum war Pusch-

kins Name gefallen, wurde er blaß vor Wut und begann am ganzen Körper zu zittern: ›Sauf, besaufe dich, aber laß Puschkin in Ruhe. Laß die Kinder in Ruhe. Sauf alles aus, sauf mein Blut, aber versuche Gott deinen Herrn nicht!‹ Ich war zu der Zeit krank geschrieben, wegen Gehirnerschütterung und Darmverschluß. Im Süden war gerade Herbst, und ich schrie ihm ins Gesicht: ›Geh fort, du Verbrecher, geh ein für allemal. Ich werde ohne dich auskommen! Ein paar Wochen werde ich mich rumtreiben, und dann werfe ich mich unter den Zug. Und anschließend geh ich ins Kloster und nehme den Schleier. Du wirst kommen, um mich um Verzeihung zu bitten, und ich werde durch die Tür treten, ganz in Schwarz, schön und anmutig, und dir mit meinen eigenen Krallen die Fresse zerkratzen. Geh!‹ Dann brüllte ich wieder: ›Liebst du wenigstens meine Seele? Liebst du sie, meine Seele?‹ Er wurde immer wütender und zitterte: ›Mit dem Herzen‹, brüllte er, ›ja, mit dem Herzen liebe ich deine Seele, aber mit der Seele, nein, mit der nicht!!‹
Er lachte auf, irgendwie tierisch, wie in einer Oper, packte mich, brach mir den Schädel und verschwand nach Wladimir an der Kljasma.
Warum verschwand er? Zu wem? Ganz Europa teilte mein Befremden. Meine taubstumme Großmutter saß auf dem Ofen und sagte: ›Siehst du, Daschenka, so weit ist es mit dir gekommen auf der Suche nach deinem Ich!‹
Ja. Nach einem Monat kam er zurück. Ich war an dem Tag sternhagelbesoffen. Als ich ihn sah, fiel ich vornüber auf den Tisch, brach in Gelächter aus und strampelte mit den Beinen: ›Aha‹, schrie ich, ›du glaubst, du kannst nach Wladimir an der Kljasma abhauen, und wer soll für dich die Kinder ...‹ Er kam wortlos auf mich zu, schlug mir vier Vorderzähne aus und verschwand nach Rostow am Don im Auftrag des Komsomol ... Gleich kipp ich um, Kleiner, gib mir noch einen Tropfen ...«

Alle bogen sich vor Lachen. Die taubstumme Großmutter hatte ihnen den Rest gegeben.
»Wo ist er denn jetzt, dein Jewtjuschkin?«
»Was weiß ich, wo der ist. Entweder in Sibirien oder in Mittelasien. Wenn er in Rostow angekommen ist und noch lebt, dann ist er jetzt irgendwo in Mittelasien. Aber wenn er nicht bis nach Rostow gekommen und gestorben ist, dann ist er jetzt in Sibirien ...«
»Ganz richtig«, unterstützte ich sie, »in Mittelasien stirbt man nicht, in Mittelasien läßt sich's leben. Selbst war ich zwar noch nie dort, aber mein Freund Tichonow. Er berichtete: du gehst und gehst, und auf einmal ein Dorf – ein Kischlak. Die Öfen werden mit getrocknetem Mist geheizt. Zu saufen gibt es nichts, aber dafür zu fressen jede Menge: Akyne und Saksaule ... Davon hat er sich dort fast ein halbes Jahr ernährt, von diesen Akynen und Saksaulen. Schlecht kann es nicht gewesen sein. Er kam geschwächt zurück, mit vorstehenden Augen ...«
»Und in Sibirien ...?«
»Nein, in Sibirien kann man nicht leben. In Sibirien lebt überhaupt keiner, nur Neger. Man bringt ihnen dort keine Lebensmittel hin, zu trinken gibt es auch nichts, geschweige denn was zu essen. Lediglich einmal im Jahr schickt man ihnen aus Shitomir bestickte Handtücher, an denen sich die Neger dann aufhängen ...«
»Was denn für Neger?« Der Dekabrist, der inzwischen eingenickt war, wurde wieder lebendig. »Was denn für Neger in Sibirien? Die Neger leben in den Staaten und nicht in Sibirien! Angenommen, Sie waren schon in Sibirien, aber waren Sie auch schon in den Staaten?«
»Ja, war ich! Und ich habe dort keinen einzigen Neger gesehen!«
»Keinen einzigen Neger? In den Staaten?«
»Jawohl, in den Staaten! Nicht einen Neger!«
Alle waren inzwischen so benebelt im Kopf, daß sie sich über nichts mehr wundern konnten. Die tragische Frau-

engestalt mit Schramme und ohne Zähne hatten sie längst vergessen. Sie selbst schien sich vergessen zu haben und alle andern sich auch. Nur der junge Mitritsch war eifrig dabei, in der Gegend herumzugeifern, um sich in Gegenwart einer Dame zu zeigen.

»Sie waren also in den Staaten«, lallte der Schnurrbärtige, »das ist äußerst interessant! Daß es da keine Neger gibt und nie welche gegeben hat, das halte ich für möglich ... Ich glaube Ihnen, wie meiner eigenen Mutter ... Aber sagen Sie eins: gibt es dort auch keine Freiheit? Ist die Freiheit eine Utopie geblieben auf diesem Kontinent des Leids?«

»Ja«, antwortete ich ihm, »die Freiheit ist eine Utopie geblieben auf diesem Kontinent des Leids. Und die Leute haben sich dort so daran gewöhnt, daß sie es fast nicht mehr merken. Denken Sie nur! Ich bin lange durch die Straßen gelaufen und habe sie beobachtet. In keinem der Gesichter, in keiner Geste, in keiner Replik läßt sich bei ihnen auch nur die geringste Ungeschliffenheit erkennen, an die wir hier so gewöhnt sind. In jeder Visage drückt sich in einer Minute so viel Würde aus, daß es uns für die ganze Zeit unseres ruhmreichen Siebenjahresplanes reichen würde. ›Wie kommt's?‹ dachte ich, während ich von Manhattan auf die Fifth Avenue abbog, und gab mir selbst die Antwort: ›Das kommt von ihrer säuischen Selbstgefälligkeit, von nichts anderem.‹ Doch woher kommt die Selbstgefälligkeit?? Ich blieb mitten auf der Avenue wie angewurzelt stehen, um den Gedanken zu Ende zu spinnen: ›Woher kommt in einer Welt von fiktiver Propaganda, in einer Welt der Reklameauswüchse so viel Selbstgefälligkeit?‹ Ich ging in Richtung Harlem und zuckte mit den Schultern: ›Wie kommt's? Wie kommt's, daß die Spielbälle der Monopolideologen, die Marionetten der Kanonenkönige, wie kommt's, daß die einen so guten Appetit haben? Fressen fünfmal am Tag, und zwar nicht wenig üppig, aber auch das mit der gleichen unendlichen Würde ... Kann ein guter Mensch überhaupt Appetit haben, und erst recht in den Staaten?!‹«

»Ja, ja«, der alte Mitritsch nickte mit dem Kopf, »die essen und essen dort, während wir fast gar nichts mehr essen ... Den ganzen Reis schicken wir nach China, den ganzen Zucker nach Kuba ... Was bleibt da für uns noch übrig ...?«

»Laß mal, Opa! Du hast dein Teil schon gegessen, versündige dich nicht! Wenn du in die Staaten kommst, vergiß eins nicht: vergiß die Heimat nicht, und vergiß nicht ihre Güte. Maxim Gorkij hat nicht nur über die Weiber geschrieben, er hat auch über die Heimat geschrieben. Erinnerst du dich, was er geschrieben hat ...?«

»Freilich erinnere ich mich«, sagte er, und alles Getrunkene lief ihm in Bächen aus seinen blauen Augen. »Freilich ... ›Wir gingen mit der Großmutter immer tiefer in den Wald hinein ...‹«

»Was hat denn das mit der Heimat zu tun, Mitritsch?!« protestierte der Schnurrbärtige ärgerlich. »Das handelt von der Großmutter und überhaupt nicht von der Heimat!«

Mitritsch begann wieder zu weinen.

Nasarjewo — Dresna

»Sie sind doch viel herumgekommen«, sagte der Schnurrbärtige, »haben viel gesehen. Sagen Sie, wo schätzt man den russischen Menschen mehr, diesseits oder jenseits der Pyrenäen?«

»Jenseits weiß ich nicht, aber diesseits schätzt man ihn überhaupt nicht. Ich war zum Beispiel in Italien, dort schenkt man dem russischen Menschen keinerlei Beachtung. Die singen und malen nur den ganzen Tag. Einer steht da und singt, und der andere sitzt daneben und malt den, der singt. Der dritte steht etwas abseits und besingt den, der malt ... Das alles stimmt einen unendlich traurig. Aber die Italiener verstehen unsere Traurigkeit nicht ...«

»Diese Italiener, was verstehen die überhaupt!« unterstützte mich der Schnurrbärtige.

»Eben, eben. Als ich in Venedig war, wollte ich mir am St. Markus-Tag die Gondelregatta ansehen. Ich wurde unendlich traurig von dieser Regatta! Mein Herz weinte bittere Tränen, aber meine Lippen blieben stumm. Doch die Italiener verstanden nichts, lachten und deuteten mit dem Finger auf mich: ›Seht euch Jerofejew an, der läuft wieder rum wie hingesch ...!‹ Ich und wie hingesch ...! Weil meine Lippen stumm blieben? ...

Im Grunde hatte ich in Italien auch nichts verloren. Ich wollte mir nur drei Dinge ansehen: den Vesuv, Herculaneum und Pompeji. Aber man erklärte mir, daß es den Vesuv längst nicht mehr gäbe, und schickte mich nach Herculaneum. Als ich in Herculaneum ankam, sagte man mir: ›Was willst du denn in Herculaneum, du Dummkopf? Geh lieber nach Pompeji.‹ Ich komme nach Pompeji, und was sagt man mir da? ›Du gehst uns auf die Nerven mit deinem Pompeji! Sieh zu, daß du nach Herculaneum verschwindest!‹

Ich pfiff darauf und begab mich nach Frankreich. Ich lief durch die Straßen und war schon fast an der Maginot-Linie, da kam mir plötzlich eine Idee: Geh, denke ich, geh zurück und quartiere dich für eine Weile bei Luigi Longo ein. Miete dir eine Schlafstelle bei ihm und lies Bücher, anstatt dich sinnlos herumzutreiben. Besser wäre natürlich eine Schlafstelle bei Palmiro Togliatti, dachte ich, aber der ist ja kürzlich gestorben ... Doch Luigi Longo ist schließlich auch nicht schlechter ...

Aber ich kehrte trotzdem nicht um. Ich durchquerte Tirol und schlug meinen Weg in Richtung Sorbonne ein. Ich komme in die Sorbonne und sage: ›Ich möchte bei Ihnen studieren, um Bakkalaureus zu werden.‹ Sie fragen mich: ›Wenn du Bakkalaureus werden willst, mußt du irgendwas von einem Phänomen an dir haben. Was hast du denn von einem Phänomen an dir?‹ Nun, was sollte ich ihnen antworten. Ich sage: ›Nun, was sollte ich von einem Phänomen an mir haben? Ich bin Waise.‹ ›Aus Sibirien?‹ fragen sie mich. ›Ja!‹ antworte ich. ›Nun, wenn du aus Sibirien kommst, dann muß wenigstens deine Psyche irgendwas an sich haben. Was hat denn deine Psyche an sich?‹ Ich dachte nach. Das hier war immerhin nicht Chrapunowo, sondern die Sorbonne, ich mußte irgendwas Gescheites von mir geben. Ich dachte nach und sagte: ›Das, was ich von einem Phänomen an mir habe, ist mein sich frei entwickelnder Logos.‹ Während ich nachgedacht hatte, was ich Gescheites sagen könnte, hatte sich der Rektor der Sorbonne von hinten an mich herangeschlichen und zog mir mit aller Kraft eins übers Genick: ›Ein Idiot bist du‹, sagt er, ›und kein Logos! Raus‹, brüllt er, ›raus, Jerofejew, aus unserer Sorbonne!‹ Da tat es mir zum erstenmal leid, daß ich nicht im Haus des Genossen Luigi Longo wohnen geblieben bin ...

Nun, was sollte ich jetzt tun? Schließlich mußte ich mir Paris auf jeden Fall noch ansehen. Ich komme hin, gehe Richtung Notre-Dame und wundere mich: ringsum nichts als Puffs. Aufrecht steht nur der Eiffelturm, und oben sitzt General de Gaulle, kaut Kastanien und schaut durch sein Fernglas in alle vier Himmelsrichtungen. Wozu tut er das, wo doch in allen vier Richtungen nur Puffs zu sehen sind?!

Und die Boulevards! Wozu? Zum Bummeln hat sowieso niemand Zeit. Die Leute pendeln alle nur zwischen Puff und Klinik, zwischen Klinik und Puff. Und ringsum so viel Tripper, daß einem das Atmen schwerfällt. Einmal habe ich ein paar Gläser getrunken und bin zu den Champs-Élysées gegangen. Da watet man regelrecht im

Tripper; man kann kaum ein Bein vor das andere setzen. Plötzlich sehe ich zwei Bekannte. Ein Mann und eine Frau. Beide kauen Kastanien, und beide nicht mehr die Jüngsten. Wo hatte ich sie schon gesehen? In den Zeitungen? Es fiel mir nicht mehr ein, jedenfalls hatte ich sie erkannt. Es waren Louis Aragon und Elsa Triolet. Wo die wohl hingehen, überlegte ich, aus der Klinik in den Puff oder aus dem Puff in die Klinik? Schäm dich, wies ich mich selbst zurecht, du bist schließlich in Paris und nicht in Chrapunowo. Stelle ihnen lieber ein paar sozialkritische Fragen, ein paar von den qualvollsten sozialkritischen Fragen.

Ich holte Louis Aragon ein und sagte ihm alles. Ich öffnete ihm mein Herz, sagte ihm, daß ich an der Welt verzweifelt bin, daß ich keine Zweifel mehr hegen kann, daß ich sterbe vor inneren Widersprüchen und vieles andere. Aber er sah mich nur an, salutierte wie ein alter Veteran, nahm seine Elsa unter den Arm und ging weiter. Ich holte die beiden wieder ein und wandte mich nun nicht mehr an Louis, sondern an die Triolet. Ich sagte ihr, daß ich sterbe vor Eintönigkeit und Erlebnisarmut, daß ich immer dann von Zweifeln geplagt werde, wenn die Verzweiflung aufhört, während ich in Augenblicken der Verzweiflung keine Zweifel kenne. Aber sie tätschelte mir nur die Wange, wie eine alte Nutte, nahm ihren Aragon unter den Arm und ging weiter ...

Später erfuhr ich aus der Presse, daß die beiden gar nicht die waren, für die ich sie gehalten hatte. In Wirklichkeit waren es Jean-Paul Sartre und Simone de Beauvoir, aber das konnte mir jetzt schließlich egal sein. Ich ging weiter in die Gegend von Notre-Dame und mietete mir eine Mansarde. Ob Mansarde, Mezzanin, Flügel, Beletage oder Speicher – das bringe ich immer durcheinander und erkenne keinerlei Unterschied. Kurz, ich mietete mir etwas, worauf man liegen, schreiben und Pfeife rauchen kann. Ich rauchte zwölf Pfeifen und schickte an die ›Revue de

Paris‹ ein Essay mit dem französischen Titel ›Schick und Charme, always smart‹. Ein Essay über Fragen der Liebe. Aber Sie wissen ja selbst, wie schwer es in Frankreich ist, etwas über die Liebe zu schreiben. Aus irgendeinem Grund ist in Frankreich alles, was mit der Liebe zu tun hat, längst geschrieben. Dort weiß man alles über die Liebe, und bei uns weiß man nichts darüber. Zeig mal bei uns einem Menschen mit höherer Bildung einen harten Schanker und frage ihn: ›Was ist das für ein Schanker, ein harter oder ein weicher?‹ Er wird auf jeden Fall antworten: ›Ein weicher natürlich.‹ Und zeig ihm erst mal wirklich einen weichen, das wird ihn vollends verwirren. Nicht so in Frankreich. Da wissen die Leute vielleicht nicht, was der Kräuterschnaps kostet, aber wenn ein Schanker weich ist, dann ist er für jeden weich, und niemand wird ihn als hart bezeichnen.
Kurz, die ›Revue de Paris‹ schickte mir mein Essay zurück mit der Ausrede, daß es in Russisch verfaßt und französisch lediglich der Titel sei. Und was denkt ihr? Daß ich aufgab? Mitnichten! Ich rauchte auf meiner Beletage weitere dreizehn Pfeifen und schrieb ein neues Essay, wieder über die Liebe. Diesmal verfaßte ich es vom ersten bis zum letzten Wort in Französisch, russisch war nur der Titel: ›Der Libidinismus als höchstes und letztes Stadium des Sexismus.‹ Ich schickte es wieder an die ›Revue de Paris‹.«
»Und hat man es Ihnen wieder zurückgeschickt?« fragte der Schnurrbärtige aus dem Halbschlaf zum Zeichen seiner Anteilnahme.
»Versteht sich. Meine Sprache hat man als brillant bezeichnet, aber den Grundgedanken als falsch. Für die russischen Verhältnisse, meinten sie, trifft das vielleicht zu, aber für die französischen nicht. Der Libidinismus ist bei uns noch nicht das höchste Stadium, und noch lange nicht das letzte. Bei den Russen, sagten sie, wird der Sexismus, sobald er die Grenze zum Libidinismus erreicht hat, ge-

waltsam vereinfacht und durch Onanismus nach einem obligatorischen Programm ersetzt. Bei uns, bei den Franzosen, ist zwar in Zukunft die organische Implantation verschiedener Elemente des russischen Onanismus nach einem zwangloseren Programm in unsere einheimische Sodomie, in die unser Libidinismus infolge von Blutschande transformiert wird, nicht ausgeschlossen, doch wird der Prozeß der Implantation auf dem Kurs unseres traditionellen Sexismus verlaufen, und zwar absolut kontinuierlich.
Kurz, sie haben mir das Gehirn total vollgesch... Ich pfiff auf die ganze Sache, verbrannte meine Manuskripte zusammen mit der Mansarde und der Beletage und ab durch die Mitte über Verdun zum Ärmelkanal. Ich marschierte und dachte nach, während ich marschierte in Richtung auf Albion. Ich marschierte und dachte: Warum bin ich nur nicht bei Luigi Longo wohnen geblieben? Ich marschierte und sang: ›Die Königin von England liegt schwer darnieder, ihre Tage und Nächte sind gezählt.‹ An der Peripherie von London...«
»Entschuldigen Sie«, unterbrach mich der Schnurrbärtige, »mich erstaunt Ihr Elan. Nein, wirklich, ich glaube Ihnen wie meiner eigenen Mutter, aber es erstaunt mich, mit welcher Leichtigkeit Sie alle Staatsgrenzen überwinden...«

Dresna — Kilometer 85

»Was soll daran erstaunlich sein?! Und was denn für Grenzen? Die Grenzen sind dazu da, um die Nationen nicht miteinander zu verwechseln. Bei uns zum Beispiel weiß der Grenzsoldat ganz genau, daß die Grenze, die er bewacht, keine Fiktion und kein Symbol ist, weil nämlich auf der einen Seite russisch gesprochen und mehr getrunken wird, und auf der anderen weniger getrunken und nicht russisch gesprochen wird ...

Aber dort? Wie könnte es dort Grenzen geben, wo doch alle gleichviel trinken und niemand russisch spricht. Dort wären sie vielleicht froh, wenn sie einen Grenzsoldaten irgendwo hinstellen könnten, aber sie wissen einfach nicht, wohin. Die Grenzsoldaten streunen dort durch die Gegend ohne jede Beschäftigung, machen lange Gesichter und bitten die Vorübergehenden um Feuer ... Was das betrifft, ist man dort völlig frei ... Willst du zum Beispiel in Eboli Halt machen, nichts einfacher als das. Willst du nach Canossa gehen – niemand wird dich daran hindern, geh ruhig nach Canossa. Willst du den Rubikon überqueren, dann überquer ihn.

Es ist also absolut nichts erstaunlich daran ... Um zwölf Uhr und null Minuten nach Greenwich-Zeit wurde ich bereits dem Direktor des Britischen Museums vorgestellt, der einen blöden, aber sehr klangvollen Namen hatte, Sir ›Mixed Pickles‹ oder so ähnlich. ›Was wollen Sie von uns?‹ fragte mich der Direktor des Britischen Museums. ›Ich möchte mich bei Ihnen engagieren. Genauer, ich möchte, daß Sie mich engagieren. Das ist es, was ich möchte ...‹

›Soll ich Sie vielleicht in diesen Hosen da engagieren?‹ sagte der Direktor des Britischen Museums. ›Was meinen Sie mit diesen Hosen da?‹ fragte ich zurück und versuchte, ihn meine Enttäuschung nicht merken zu lassen. Aber er tat, als hätte er mich nicht gehört. Er kniete sich auf alle viere vor mich hin und fing an, meine Socken zu beschnuppern. Als er fertig war, stand er auf, rümpfte die Nase, spuckte aus und fragte mich:

›Soll ich Sie vielleicht in diesen Socken da engagieren?‹

›Was meinen Sie mit diesen Socken da?‹ fragte ich zurück und versuchte nicht mehr, meine Enttäuschung zu verbergen. ›Was ist denn los mit meinen Socken? Die Socken, in denen ich in meiner Heimat herumgelaufen bin,

ja, die haben wirklich gerochen. Aber vor meiner Abreise habe ich frische angezogen, denn im Menschen muß alles schön sein, die Seele, die Gedanken und . . .‹
Aber er wollte überhaupt nicht zuhören. Er ging ins Britische Oberhaus und verkündete dort: ›My Lords! Hinter dieser Tür steht ein verkommenes Subjekt. Er kommt aus dem verschneiten Rußland, scheint aber gar nicht sehr betrunken zu sein. Was soll ich mit ihm machen, mit diesem Jammerlappen? Soll ich diese Vogelscheuche engagieren? Oder soll ich diesem Schreckgespenst kein Engagement geben?‹ Die Lords begutachteten mich durch ihr Monokel und sagten: ›Versuch's doch mal, William! Du könntest ihn als Ausstellungsstück hernehmen. Dieser windige Scheißer läßt sich in jedes Interieur einfügen.‹ Da ergriff die Königin von England das Wort. Sie hob die Hand und rief:
›Kontrolleure! Kontrolleure! . . .‹
Ein Aufschrei ging durch das ganze Abteil, schwoll und explodierte: »Die Kontrolleure!!!«
Meine Geschichte wurde an der interessantesten Stelle unterbrochen. Doch nicht nur sie. Der Schlummer des besoffenen Schnurrbarts, der Schlaf des Dekabristen – alles wurde auf halber Strecke unterbrochen. Der alte Mitritsch kam zu sich, tränenüberströmt, und der junge beglückte alle mit einem pfeifenden Gähnen, das in Lachen überging und mit einer Defäkation endete. Nur die Frau mit dem tragischen Schicksal hatte sich mit der Baskenmütze die ausgeschlagenen Zähne bedeckt und schlief wie eine Fata Morgana . . .
Im Grunde genommen hat auf der Strecke nach Petuschki keiner Angst vor den Kontrolleuren, weil alle ohne Fahrschein sind. Wenn irgendein Abtrünniger im Suff aus Versehen einen Fahrschein gekauft hat, ist es ihm natürlich furchtbar peinlich, wenn die Kontrolleure kommen. Wenn sie ihn nach dem Fahrschein fragen, kann er niemand in die Augen sehen, nicht dem Schaffner, nicht den

Passagieren, er möchte am liebsten im Erdboden versinken.
Der Schaffner betrachtet seinen Fahrschein voller Abscheu und wirft dem Dreckskerl vernichtende Blicke zu. Die Passagiere sehen alle auf den »Schwarzfahrer« mit großen, schönen Augen, als wollten sie sagen: »Schlag die Augen nieder, du Schweinehund, du gewissenloser!« Und dem Schaffner sehen sie noch entschiedener in die Augen: »Schau uns an, so sind wir, uns kannst du nichts vorwerfen. Komm her zu uns, Semjonytsch, wir werden dich nicht enttäuschen . . .«
Bis zu dem Zeitpunkt, als Semjonytsch Oberschaffner wurde, hatte alles ganz anders ausgesehen: die Fahrscheinlosen jagte man damals in die Reservate, wie die Indianer, schlug ihnen den Brockhaus-Jefron über den Schädel, kassierte die Strafe und dann raus aus dem Zug. In jenen Tagen rannten sie in panischen Haufen durch die Wagen, um sich vor den Kontrolleuren zu retten, und zogen auch die mit sich, die einen Fahrschein besaßen. Einmal rannten zwei kleine Jungs, von der allgemeinen Panik ergriffen, zusammen mit der ganzen Herde davon und wurden vor meinen Augen zu Tode getrampelt. Sie blieben so im Durchgang liegen mit ihren Fahrscheinen in den blauen Händen . . .
Der Oberschaffner Semjonytsch veränderte alles: er schaffte sämtliche Strafen und Reservate ab. Er machte das einfacher: er nahm von jedem Fahrscheinlosen ein Gramm Wodka pro Kilometer. In ganz Rußland nimmt das Fahrerpersonal von den Schwarzfahrern eine Kopeke pro Kilometer, aber Semjonytsch machte das anderthalbmal billiger: ein Gramm pro Kilometer. Wenn man zum Beispiel von Tschuchlinka nach Ussad fährt, das sind neunzig Kilometer, schenkt man Semjonytsch neunzig Gramm ein und fährt anschließend völlig ungestört weiter, hingeflackt auf seine Bank wie ein Pascha.
Nun, die Neueinführung von Semjonytsch hatte die Ver-

bindung zwischen Schaffner und breiter Masse gestärkt, hatte die Verbindung verbilligt, vereinfacht und humanisiert. Das allgemeine Zittern und Beben, aus dem sich der Aufschrei »Die Kontrolleure!!« löst, hat heute nichts Erschreckendes mehr. Die Passagiere zittern vor Freude . . .
Semjonytsch kam in den Wagen, gierig grinsend. Er stand kaum noch auf den Beinen. Gewöhnlich fuhr er nur bis Orechowo-Sujewo. In Orechowo-Sujewo stieg er aus und begab sich in sein Kontor, vollgetankt bis zum Erbrechen . . .
»Schon wieder du, Mitritsch? Schon wieder nach Orechowo? Karussell fahren? Von euch beiden achtzig. Und du, Schnurrbart? Saltykowskaja — Orechowo-Sujewo? Zweiundsiebzig Gramm. Weckt mal die besoffene Büchse da auf und fragt sie, was sie schuldig ist. Und du, Covercoat, woher und wohin? Hammer-und-Sichel — Pokrow? Hundertfünf, wenn ich bitten darf. Die ›Schwarzfahrer‹ werden immer weniger. Vor einiger Zeit noch hat das Wut und Entrüstung ausgelöst, aber jetzt ruft es legitimen Stolz hervor. Und du, Wenja? . . .«
Semjonytsch richtete seinen blutrünstigen Blick auf mich und tauchte mich in seine heiße Alkoholfahne.
»Und du, Wenja? Wie immer, Moskau — Petuschki . . .?«

Kilometer 85 — Orechowo-Sujewo

»Ja, wie immer. Und diesmal für ewig: Moskau — Petuschki . . .«
»Du glaubst wahrscheinlich, Scheherezade, daß du mir auch diesmal wieder entwischen kannst! Was?«
An dieser Stelle muß ich ganz kurz abschweifen, und während Semjonytsch die ihm zustehende Strafdosis trinkt, erkläre ich euch schnell, warum er von »Scheherezade« und »entwischen« spricht.

Es ist schon drei Jahre her, seit ich mit Semjonytsch zum erstenmal zusammengestoßen bin. Damals hatte er gerade erst diese Stelle angetreten. Er kam auf mich zu und fragte: »Moskau – Petuschki? Hundertfünfundzwanzig.« Als ich nicht begriff, worum es ging, erklärte er es mir. Und als ich ihm sagte, daß ich keinen einzigen Tropfen bei mir hätte, antwortete er: »Was soll ich denn mit dir machen? Soll ich dir eins in die Fresse schlagen dafür, daß du keinen einzigen Tropfen bei dir hast?« Ich erwiderte, daß er mich nicht schlagen solle, und murmelte irgendwas aus dem Bereich des Römischen Rechts. Dafür bekundete er starkes Interesse und bat mich, mehr über alles Antike und Römische zu erzählen. Ich begann zu erzählen und war bereits bei der skandalösen Geschichte von Lucrezia und Tarquinius, aber da hielt der Zug in Orechowo-Sujewo, wo Semjonytsch aussteigen mußte. So war er um den Schluß der Geschichte gekommen und hatte nicht erfahren, was denn nun mit Lucrezia geschehen war: hatte Tarquinius, diese Flasche, das Seine erreicht oder nicht? Semjonytsch ist, unter uns gesagt, ein seltener Weiberheld und Schwärmer. Von der ganzen Weltgeschichte faszinierten ihn nur ihre Bettgeschichten. Als uns eine Woche später in der Gegend von Frjasewo die Kontrolleure wieder überfielen, da sagte Semjonytsch nicht mehr: »Moskau – Petuschki? Hundertfünfundzwanzig!« Nein, er stürzte sich auf mich und verlangte nach der Fortsetzung: »Wie ging's weiter? Hat er diese Lucrezia endlich doch noch gef . . .?«
Ich erzählte ihm die Fortsetzung. Ich ging von der römischen Geschichte zu der des Christentums über und war schon bei dem Zwischenfall mit Hypatia. Ich berichtete: »Angestiftet vom Patriarchen Kyrillos, rissen die von Fanatismus besessenen Mönche von Alexandria der wunderschönen Hypatia die Kleider vom Leib und . . .« Da blieb unser Zug wie angewurzelt stehen. Wir waren in Orechowo-Sujewo, und Semjonytsch sprang hinaus auf

die Plattform, endgültig seiner Neugierde ausgeliefert ... So ging es ganze drei Jahre, jede Woche. Auf der Strecke »Moskau – Petuschki« war ich der einzige Passagier ohne Fahrschein, der Semjonytsch noch nie ein Straf-Gramm gezahlt hatte und trotzdem mit dem Leben und ohne Schläge davongekommen war. Aber jede Geschichte hat einmal ein Ende und die Weltgeschichte auch ... Letzten Freitag war ich bis zu Indira Gandhi, Moshe Dayan und Dubček gekommen. Weiter kann man nicht mehr gehen ... Nun, Semjonytsch hatte seine Strafdosis ausgetrunken, rülpste und fixierte mich wie eine Boa oder Sultan Scheh-riyar.

»Moskau – Petuschki? Hundertfünfundzwanzig!«

»Semjonytsch«, sagte ich, fast flehend, »Semjonytsch, hast du heute viel getrunken?«

»Ganz schön«, antwortete Semjonytsch, nicht ohne Stolz. Er war sternhagelbesoffen.

»Heißt das, daß du voller Phantasie bist? Heißt das, daß du deinen Blick in die Zukunft richten kannst? Heißt das, daß du dich mit mir zusammen aus der dunklen Vergangenheit in das goldene Zeitalter versetzen kannst, ›ja, ja, es ist nah‹?«

»Kann ich, Wenja, kann ich! Heute kann ich alles! ...«

»Kannst du vom Dritten Reich, vom Vierten Rückenwirbel, von der Fünften Republik und dem Siebzehnten Parteitag mit mir zusammen einen Schritt tun in die Welt des von allen Juden sehnlichst erwarteten Fünften Königreichs, des Siebenten Himmels und der Zweiten Ankunft des Herrn?«

»Kann ich«, grunzt Semjonytsch. »Schieß los, Scheherezade!«

»Hör zu. Es wird kommen der Tag, ›der auserwählteste aller Tage‹. An diesem Tag wird der nach dem Herrn schmachtende Simeon endlich sagen: ›Herr, nun lässest du deinen Diener in Frieden fahren ...‹ Und der Erzengel Gabriel wird sagen: ›Gegrüßet seist du Maria, voll der Gnaden, du bist gebenedeit unter den Weibern ...‹ Und Doktor Faust wird zum Augenblick sagen: ›Verweile doch! du bist so schön‹. Und alle, deren Name im Buch des Lebens geschrieben steht, werden zu singen anheben: ›Frohlocke, Jesaja!‹ Diogenes wird seine Lampe löschen, und es werden Güte und Schönheit herrschen. Alles wird gut sein, und alle werden gut sein, und außer Güte und Schönheit wird es nichts geben, und es werden sich im Kuß vereinigen ...«

»Im Kuß vereinigen ...?« Semjonytsch zappelte vor Ungeduld.

»Ja. Der Peiniger und sein Opfer werden sich im Kuß vereinigen. Das Böse, die Absicht und die Berechnung werden aus dem Herzen entweichen, und die Frau ...«

»Die Frau!!« Semjonytsch zitterte vor Erregung. »Was, was ist mit der Frau?«

»Die Frau des Orients wird ihren Schleier abwerfen, für immer wird die unterdrückte Frau des Orients ihren Schleier abwerfen! Und es wird sich niederlegen ...«

»Niederlegen?!!!« Semjonytsch zuckte und schlotterte am ganzen Leib.

»Ja. Es wird sich niederlegen der Wolf neben dem Lamm, und es wird keine Träne mehr vergossen werden, und die Kavaliere werden sich nach Herzenlust ihre Damen aussuchen und ...«

»O-o-o-oh!« stöhnte Semjonytsch. »Wie lange noch? wann kommt sie endlich ...?«

Plötzlich verrenkte er die Hände, wie eine Zigeunertänzerin, begann hastig an seiner Kleidung herumzufummeln und sich Dienstrock, Diensthose und alles bis auf seine intimste Intimität auszuziehen ...

So betrunken ich war, das sah ich doch mit Erstaunen. Die Passagiere, die nüchternen, sprangen beinahe von ihren Plätzen, und in Dutzenden von Augen stand ein riesiges »Oho!«. Sie, die Passagiere, hatten das alles nicht so verstanden, wie es zu verstehen war ...

Ich muß nämlich darauf hinweisen, daß die Homosexualität in unserem Land zwar endgültig abgeschafft ist, aber doch noch nicht ganz. Genauer: ganz, aber nicht gar. Noch genauer: eigentlich ganz und gar, aber nicht vollkommen. Was haben die Passagiere in diesem Moment wohl im Kopf? Einzig und allein die Homosexualität. Sicher, sie haben auch die Araber im Kopf, Israel, die Golanhöhen, Ben Gurion und Moshe Dayan. Aber wenn man nun Moshe Dayan von den Golanhöhen vertreiben und die Araber mit den Juden aussöhnen würde, was bliebe dann in den Köpfen der Leute? Nichts als Homosexualität.

Stellen wir uns mal vor, die Leute sitzen beim Fernsehen: General de Gaulle und Georges Pompidou treffen sich auf einem diplomatischen Empfang. Beide lächeln und drükken sich die Hand. Klar. Und das Publikum schreit »Oho! sieh dir General de Gaulle an!« oder »Oho! sieh dir Georges Pompidou an!«

Genauso sahen sie uns jetzt an. Jedem stand in seinen runden Augen dieses »Oho!« geschrieben.

»Semjonytsch! Semjonytsch!« Ich packte ihn und zog ihn auf die Plattform hinaus. »Man sieht uns doch zu! Komm zu dir! Komm, vorwärts!«

Er war furchtbar schwer, aufgeweicht und schwammig. Ich brachte ihn mit Mühe und Not bis zur Plattform und lehnte ihn an die Tür . . .

»Wenja! Sag, die Frau des Orients, wenn sie den Schleier abnimmt, wird darunter noch irgendwas sein? Wird sie unter dem Schleier noch etwas anhaben?«

Ich kam nicht mehr dazu, ihm zu antworten. Der Zug blieb wie angewurzelt stehen; wir waren in Orechowo-Sujewo. Die Tür öffnete sich automatisch . . .

Orechowo-Sujewo

Der Oberschaffner Semjonytsch, dessen Interesse ich zum tausendundeintenmal geweckt hatte, flog halb lebendig und halb nackt auf den Bahnsteig hinaus und schlug mit dem Kopf am Geländer auf. Zwei oder drei Sekunden blieb er noch auf den Beinen stehen, nachdenklich und schwankend, wie ein Schilfrohr im Wind, und dann brach er vor den Füßen der aussteigenden Passagiere zusammen. Alle Strafen für fahrscheinlose Fahrten brachen aus seinem Schädel hervor und zerflossen am Bahnsteig ...

All dies habe ich ganz deutlich gesehen und bezeuge es vor der Welt. Aber alles andere habe ich nicht mehr gesehen und kann deshalb auch nichts bezeugen. Mit einem Zipfel meines Bewußtseins, mit einem ganz winzigen Zipfel, erinnere ich mich daran, wie die Lawine der in Orechowo aussteigenden Passagiere mich überrollte und in sich aufsaugte, wie ekelhafte Spucke, die man im Mund sammelt, um sie am Bahnsteig von Orechowo auszuspucken. Nur mit dem Ausspucken klappte es einfach nicht, weil die einsteigenden Passagiere den aussteigenden das Maul stopften. Ich wurde hin- und hergeschleudert, wie ein Stück Scheiße im Abfluß.

Und wenn der Herr mich eines Tages dort fragen wird: »Ist es denn möglich, Wenja, daß du dich an nichts mehr erinnern kannst? Ist es denn möglich, daß du sogleich in jenen Schlaf verfallen bist, mit dem dein ganzes Unglück begonnen hat ...?« Dann werde ich ihm antworten: »Nein, Herr, nicht sogleich ...« Mit einem Zipfel meines Bewußtseins, mit jenem winzigen Zipfel, erinnere ich mich daran, daß es mir endlich gelang, Herr über das Inferno zu werden und mich in den leeren Raum des Wagens zu retten, um auf irgend jemandes Sitzbank zu fallen, die erste von der Tür ...

Und als ich gefallen war, Herr, gab ich mich sogleich dem

gewaltigen Strom der Phantasien und trägen Schläfrigkeit hin – doch nein! Ich lüge schon wieder! Ich lüge schon wieder vor Deinem Angesicht, Herr! Aber nicht ich lüge, es lügt mein geschwächtes Gedächtnis. Ich habe mich dem Strom nicht sogleich hingegeben, sondern erfühlte in meiner Tasche eine unversehrte Flasche Kubanskaja und nahm fünf oder sechs Schluck. Erst dann ließ ich die Ruder sinken und gab mich dem gewaltigen Strom der Phantasien und trägen Schläfrigkeit hin...

»Eure ganzen Erfindungen vom goldenen Zeitalter«, wiederholte ich immer wieder, »sind verzweifelte Lügen. Doch mir ist sein Urbild vor zwölf Wochen erschienen, und in einer halben Stunde wird sein Glanz zum dreizehntenmal für mich aufblitzen. Dort verstummt der Vogelsang nicht bei Tage und nicht bei Nacht, dort verblüht der Jasmin nicht sommers und winters. Was ist das dort, im Jasmin? Wer ist das, eingehüllt in Samt und Seide, mit gesenkten Wimpern, den Duft der Lilien einatmend...?«

Ich grinse wie ein Idiot und schiebe die Jasminzweige auseinander...

Orechowo-Sujewo — Krutoje

...und durch die Jasminzweige tritt Tichonow, verschlafen und blinzelnd, geblendet von mir und der Sonne.

»Was treibst du hier, Tichonow?«

»Ich schreibe an den Thesen. Alles ist längst bereit für die Kundgebung, nur die Thesen nicht. Aber nun sind auch die soweit...«

»Du meinst also, daß die Stunde reif ist?«

»Was weiß ich! Sobald ich bißchen was getrunken habe, scheint mir, daß sie reif ist. Doch kaum läßt der Rausch nach, denke ich, nein, sie ist noch nicht reif, es ist noch zu früh, zum Gewehr zu greifen...«

»Trink ein Glas Wacholderschnaps, Wadja ...«
Tichonow trank ein Glas Wacholderschnaps, rülpste und ließ traurig den Kopf hängen.
»Nun? Ist die Stunde reif?«
»Wart's ab, gleich wird sie reif sein.«
»Wann sollen wir denn die Kundgebung machen? Morgen?«
»Was weiß ich! Sobald ich bißchen was getrunken habe, scheint mir, daß wir sie schon heute machen könnten und daß es auch gestern nicht zu früh gewesen wäre. Doch kaum läßt der Rausch nach, denke ich, nein, gestern wäre es zu früh gewesen, und übermorgen ist es auch noch nicht zu spät.«
»Trink doch noch ein Glas, Wadimtschik, trink noch ein Glas vom Wacholderschnaps.«
Wadimtschik trank und wurde noch trauriger.
»Nun, was meinst du? Ist es soweit? ...«
»Es ist soweit!«
»Vergiß die Parole nicht. Und sag den andern, daß sie daran denken sollen: morgen früh zwischen den Dörfern Gartino und Jelissejkowo, am Viehhof um neun Uhr und null Minuten nach Greenwich-Zeit ...«
»Ja, um neun Uhr und null Minuten nach Greenwich-Zeit.«
»Auf Wiedersehen, Genosse. Versuch zu schlafen heute nacht ...«
»Ich werd's versuchen. Auf Wiedersehen, Genosse.«
An dieser Stelle muß ich unbedingt eine Einschränkung machen und im Angesicht des Gewissens der ganzen Menschheit etwas klarstellen: Ich war von Anfang an gegen dieses Abenteuer, das so unfruchtbar ist wie ein Feigenbaum. (Sehr schön gesagt: »unfruchtbar wie ein Feigenbaum«.) Ich war von Anfang an der Meinung, daß die Revolution nur dann einen Sinn hat, wenn sie sich in den Herzen vollzieht und nicht auf den Straßen. Doch nun haben sie mal ohne mich damit angefangen – und

ich kann nicht abseits von denen stehen, die angefangen haben. Ich muß wenigstens versuchen, die unnütze Verhärtung der Herzen zu verhindern und das Blutvergießen zu mindern ...

Um neun Uhr nach Greenwich-Zeit saßen wir im Gras am Viehhof und warteten. Jedem, der vorüberging, riefen wir zu: »Setz dich zu uns, Genosse! Stehen macht nicht klüger! Nicht in den Füßen ist die Wahrheit!« Jeder blieb stehen, klapperte mit seinem Gewehr und wiederholte das Zitat aus Puschkins »Mozart und Salieri«: »Doch auch höher ist die Wahrheit nicht.« Eine neckische und zweideutige Parole war das, doch wir hatten andere Sorgen. Es war kurz vor neun Uhr und null Minuten nach Greenwich-Zeit.

Womit hatte das alles begonnen? Alles hatte damit begonnen, daß Tichonow an das Tor des Landwirtschaftssowjets von Jelissejkowo seine vierzehn Thesen angeschlagen hatte. Genauer, er hat sie nicht ans Tor angeschlagen, sondern mit Kreide an den Zaun geschrieben. Eigentlich waren das auch keine Thesen, sondern Wörter, eindeutige und lapidare Wörter, und es waren auch keine vierzehn, sondern nur zwei. Aber wie dem auch sei, damit hatte alles begonnen.

Wir teilten uns in zwei Marschblöcke auf, bewaffneten uns mit Standarten und gingen los. Die einen nach Jelissejkowo, die andern nach Gartino. Wir marschierten unerschrocken bis zum Sonnenuntergang. Tote waren nicht zu beklagen, weder auf der einen noch auf der anderen Seite. Es gab auch keine Verletzten und nur einen Gefangenen: den früheren Vorsitzenden des Landwirtschaftssowjets von Lorionowo, der in der Neige seines Lebens der Trunksucht und des angeborenen Schwachsinns beschuldigt wurde. Jelissejkowo wurde eingenommen. Tscherkassowo lag vor uns auf den Knien, Neugodowo und Pekscha flehten um Gnade. Sämtliche lebenswichtigen Zentren im Landkreis von Petuschki – angefangen

vom Geschäft in Polomy bis zum Lager des Kaufhauses in Andrejewskoje – waren durch die Kraft der Aufständischen eingenommen.
Nach Sonnenuntergang wurde das Dorf Tscherkassowo zur Hauptstadt ausgerufen. Der Gefangene wurde dorthin befördert und am gleichen Ort ein improvisierter Siegerkongreß einberufen. Die Redner waren stockbesoffen und faselten alle dasselbe: Maximilien Robespierre, Oliver Cromwell, Sofia Perowskaja, Vera Sassulitsch, die Strafkommandos von Petuschki, der Krieg mit Norwegen und wieder Vera Perowskaja und Sofia Sassulitsch ...
Da riefen welche: »Wo soll denn dieses Norwegen liegen?« »Das weiß der Teufel!« antworteten andere. »Am Arsch der Welt, wo sich die Füchse gute Nacht sagen!«
»Wo immer es liegen mag«, versuchte ich die lärmende Menge zu beruhigen, »um eine Intervention kommen wir nicht herum. Um die durch den Krieg zerstörte Wirtschaft wieder in Gang zu bringen, muß man sie erst zerstören, und dafür braucht man einen Bürgerkrieg oder irgendeinen anderen mit mindestens zwölf Fronten ...«
»Was wir brauchen, ist die Weiße Armee aus Polen!« schrie Tichonow, der kaum noch aufrecht auf den Beinen stehen konnte. »Du Idiot«, unterbrach ich ihn, »du mußt doch immer danebenhauen! Du bist ein glänzender Theoretiker, Wadim, deine Thesen haben wir uns ins Herz geschrieben, aber sobald es an die praktische Arbeit geht, baust du nur noch Scheiße. Was hast du denn von der Weißen Armee, du Trottel? ...« »Hab ich etwa darauf bestanden?« lenkte Tichonow ein. »Als ob ich mehr davon hätte als ihr! Wenn ihr meint, dann nehmen wir Norwegen ...«
In der Eile und Aufregung hatten alle vergessen, daß Norwegen schon seit zwanzig Jahren Mitglied der NATO ist, doch Wladik Z-skij war bereits mit einem Bündel Postkarten und Briefe auf dem Weg zum Postamt von Lorionowo. Ein Brief war an König Olaf von Norwegen

adressiert und enthielt die Kriegserklärung mit Empfangsbestätigung. Ein zweiter Brief, genauer kein Brief, sondern ein weißes Blatt Papier im Kuvert, wurde an General Franco geschickt. Sollte er darin den warnenden Finger Gottes erblicken, dieser verknöcherte Knickstiefel. Sollte er so weiß werden wie jenes Blatt Papier, dieser abgetakelte, ausgef ... Caudillo. Von Harold Wilson, dem Premier des Britischen Imperiums, verlangten wir nur eine Kleinigkeit: Laß dein blödes Kanonenboot aus dem Golf von Akaba verschwinden, Premier, forderten wir, ansonsten kannst du nach Gutdünken vorgehen. Der vierte Brief schließlich ging an Wladislaw Gomulka. Wir schrieben ihm: Du, Wladislaw, hast das volle und unantastbare Recht auf den Polnischen Korridor. Aber dieser Josef Cyrankiewicz, der hat überhaupt kein Recht darauf. Ferner verschickten wir vier Postkarten: an Abba Eban, Moshe Dayan, General Suharto und Alexander Dubček. Alle vier Postkarten waren sehr schön, mit Vignetten und Eicheln verziert. Warum sollte man den Jungs nicht auch mal eine Freude machen? Vielleicht, dachten wir, erkennen uns diese Großmäuler dafür als Träger des internationalen Rechts an ...

Keiner schlief in dieser Nacht. Alle waren von Enthusiasmus erfüllt, sahen in den Himmel, warteten auf die norwegischen Bomben, auf die Öffnung der Geschäfte und die Intervention, und stellten sich vor, wie erfreut Wladislaw Gomulka sein und wie sich Josef Cyrankiewicz die Haare raufen wird ...

Auch der Gefangene, der ehemalige Vorsitzende des Landwirtschaftssowjets, Anatoly Iwanytsch, konnte nicht schlafen. Er heulte in seiner Scheune wie ein ausgestoßener Hund: »Jungs! Heißt das alles, daß ihr mir morgen früh nicht einmal was zu trinken anbieten wollt ...?«

»Aha, danach steht dir der Sinn! Bedank dich lieber, daß wir bereit sind, dich entsprechend der Genfer Konvention zu füttern! ...«

»Was soll das denn sein?«
»Das wirst du schon noch merken. Wenn du erst mal am Krückstock daherkommst, hört sich die Herumtreiberei von allein auf.«

Krutoje — Woinowo

Morgens, noch vor Öffnung der Geschäfte, fand ein Plenum statt. Es war ein erweitertes, revolutionäres Plenum. Doch da unsere ganzen vier Plenums erweitert und revolutionär waren, entschlossen wir uns, sie zu numerieren, damit sie nicht verwechselt werden konnten: Erstes Plenum, Zweites Plenum, Drittes Plenum und Viertes Plenum. Das Erste Plenum diente einzig und allein der Wahl des Präsidenten, das heißt, meiner Wahl zum Präsidenten. Dazu brauchten wir anderthalb bis zwei Minuten, nicht mehr. Die ganze restliche Zeit verschlang eine rein spekulative Frage: Wer würde das Geschäft früher öffnen, Tante Mascha in Andrejewskoje oder Tante Schura in Polomy?
Ich saß in meinem Präsidium, hörte zu, wie sie diskutierten, und dachte: Diskussionen sind auf jeden Fall notwendig, aber viel notwendiger sind Dekrete. Warum vergessen wir das, was jede Revolution krönt, nämlich das »Dekret«? Zum Beispiel ein Dekret, das Tante Schura in Polomy vorschreibt, das Geschäft morgens um sechs zu öffnen. Was könnte einfacher sein? Schließlich haben wir die Macht und können Tante Schura befehlen, das Geschäft morgens um sechs zu öffnen, statt um neun Uhr dreißig.
Wieso bin ich nicht schon längst auf diese Idee gekommen!...
Oder zum Beispiel ein Dekret, demzufolge alles Land im Bezirk von Petuschki in den Besitz des Volkes überzuge-

hen hat, einschließlich aller Nutzflächen und beweglichen Güter, einschließlich aller alkoholischen Getränke, und zwar ohne jede Entschädigung. Oder so ein Dekret: die Zeiger der Uhren sind zu verstellen, zwei Stunden vor oder anderthalb zurück, ganz egal, jedenfalls zu verstellen. Dann müßte noch der Beschluß gefaßt werden, wonach das Wort »Teufel« wieder mit »D« geschrieben und irgendein Buchstabe des Alphabets vereinfacht werden muß. Es wäre nur noch zu überlegen, welcher. Und zu guter Letzt müßte man Tante Mascha in Andrejewskoje befehlen, das Geschäft um fünf Uhr dreißig zu öffnen, statt um neun.

So viele Gedanken schwirrten mir durch den Kopf, daß ich ganz konfus und traurig davon wurde. Ich ließ Tichonow in die Couloirs rufen, trank mit ihm ein Glas Kümmelschnaps und sagte:

»Hör mal, Kanzler!«

»Was willst du?«

»Ach, nichts. Ein Scheißkanzler bist du, das ist es.«

»Such dir einen besseren«, erwiderte Tichonow beleidigt.

»Darum geht es nicht, Wadja. Es geht darum, daß du, wenn du ein guter Kanzler sein willst, dich hinsetzen und Dekrete schreiben mußt. Trink noch einen Schluck, und dann setz dich hin und schreib. Ich habe übrigens gehört, daß du dich nicht beherrschen konntest und Anatolij Iwanytsch in den Schenkel gezwickt hast. Was soll das? Willst du den Terror einführen?«

»Naja . . . nur ein bißchen . . .«

»Welche Art Terror willst du denn einführen? den Weißen?«

»Ja, den Weißen.«

»Das bringt nichts, Wadja. Aber lassen wir das jetzt, wir haben andere Sorgen. Zuerst müssen wir ein Dekret schreiben, wenigstens ein einziges, wenigstens ein ganz langweiliges . . . Haben wir Papier und Tinte? Setz dich hin und schreib. Danach trinken wir was und geben die

Erklärung der Rechte ab. Und erst dann können wir mit dem Terror anfangen. Anschließend trinken wir noch was und dann heißt es lernen, lernen und wieder lernen ...«

Tichonow schrieb zwei Worte, trank sein Glas leer und seufzte:

»Tja-a-a ... mit dem Terror habe ich mich vergaloppiert ... Doch Fehler sind in unserer Sache unvermeidlich, weil das alles unerhört neu ist, und Präzedenzfälle hat es nie gegeben, kann man sagen ... Naja, es hat schon Präzedenzfälle gegeben, aber ...«

»Von wegen Präzedenzfälle! Das war doch nur Humbug. Ein ›Hummelflug‹, Spielereien erwachsener Kindsköpfe und keine Präzedenzfälle! Was meinst du, sollen wir die Zeitrechnung ändern oder so lassen wie sie ist?«

»Laß sie lieber in Ruhe. Solange man in der Kacke nicht rührt, stinkt sie nicht.«

»Da hast du recht. Lassen wir das. Du bist ein brillanter Theoretiker, Wadja, das ist sehr gut. Am besten, wir schließen jetzt das Plenum, oder? Tante Schura in Polomy hat das Geschäft schon aufgemacht. Angeblich hat sie Rossijskaja.«

»Klar, mach Schluß. Morgen früh findet sowieso das Zweite Plenum statt ... Laß uns nach Polomy gehen.«

Bei Tante Schura in Polomy gab es tatsächlich Rossijskaja. Aus diesem Grunde und auch deshalb, weil mit Vergeltungsschlägen aus der Kreisstadt gerechnet werden mußte, wurde beschlossen, die Hauptstadt vorübergehend von Tscherkassowo nach Polomy zu verlegen, das heißt um zwölf Werst tiefer ins Innere der Republik.

Dort fand am nächsten Morgen auch das Zweite Plenum statt, das ausschließlich meinem Rücktritt vom Amt des Präsidenten gewidmet war.

»Ich stehe vom Präsidentenstuhl auf«, sagte ich in meiner Rede, »und spucke darauf. Ich meine, daß das Amt des Präsidenten einem Mann zusteht, der sich die versoffene

Fresse in drei Tagen nicht einschlagen läßt. Haben wir etwa solche unter uns?«

»Nein, solche haben wir nicht«, antworteten die Abgeordneten im Chor.

»Könnte man mir vielleicht die versoffene Fresse in drei Tagen nicht einschlagen?«

Ein, zwei Sekunden musterten mich die Abgeordneten prüfend und antworteten wieder im Chor: »Doch, könnte man.«

»Na also«, fuhr ich fort, »wir kommen auch ohne Präsident aus. Laßt uns lieber auf die Felder hinausgehen, Punsch kochen. Und Borja schließen wir hier ein. Er ist ein Mensch von hoher Moral, deshalb soll er hierbleiben und inzwischen das Kabinett bilden ...«

Meine Rede wurde von Ovationen unterbrochen, und das Plenum löste sich auf. Im Nu waren die umliegenden Felder und Wiesen von blauen Feuern erhellt. Nur ich allein konnte die allgemeine Begeisterung und den Glauben an den Erfolg nicht teilen. Ich ging zwischen den Feuern umher und stellte mir immer wieder eine bange Frage: Warum ist da keiner auf der ganzen Welt, der auf uns aufmerksam wird? Warum ist so ein Schweigen in der Welt? Der ganze Bezirk steht in Flammen, und die Welt hält den Atem an und schweigt. Gut, doch warum reicht uns keiner die Hand, weder im Osten noch im Westen? Wohin sieht König Olaf? Wie kommt's, daß uns keine der regulären Truppen aus dem Süden angreift?

Ich nahm den Kanzler leise beiseite. Er stank aus allen Poren nach Punsch.

»Gefällt dir unsere Revolution, Wadja?«

»Ja«, antwortete Wadja, »sie ist schauerlich, aber wunderschön.«

»Und was ist mit Norwegen, Wadja, was hört man von dort?«

»Vorläufig nichts ... Was willst du denn mit Norwegen?«

»Du bist gut! Sind wir mit Norwegen im Kriegszustand oder in welchem Zustand? Eine ganz dumme Sache ist das. Wir kämpfen mit Norwegen, aber die nicht mit uns ... Wenn sie bis spätestens morgen nicht anfangen, uns zu bombardieren, übernehme ich wieder das Amt des Präsidenten – und dann wirst du sehen, was passiert!«
»Übernimm es ruhig«, antwortete Wadja, »wer hindert dich daran, Jerofejtschik? Wenn es dir Spaß macht, übernimm es ...«

Woinowo — Ussad

Auch am nächsten Morgen fiel keine Bombe auf uns herab. Ich eröffnete das Dritte Plenum und verkündete:
»Senatoren! Ich sehe, niemand in der Welt sucht Freundschaft noch Streit mit uns. Alle haben sich von uns abgewandt und halten den Atem an. Da aber morgen gegen Abend die Vergeltungskommandos aus Petuschki hier eintreffen werden und der Wodka bei Tante Schura morgen früh zu Ende gehen wird, übernehme ich hiermit die volle Macht. Den Idioten unter euch, die nicht verstehen, was ich meine, erkläre ich es: Ich rufe hiermit die Sperrstunde aus. Darüber hinaus erkläre ich die Vollmachten des Präsidenten für außerordentlich und ernenne mich gleichzeitig zum Präsidenten, das heißt zur Persönlichkeit, die über dem Gesetz und über den Propheten steht ...«
Niemand hatte Einwände. Nur der Premier, Borja S., zuckte beim Wort »Propheten« zusammen, warf mir einen wilden Blick zu, und seine sämtlichen oberen Glieder erbebten vor Rachegelüsten ...
Nach zwei Stunden gab er in den Armen des Verteidigungsministers seinen Geist auf. Er starb vor Kummer und an seinem übermäßigen Hang zur Verallgemeine-

rung. Andere Gründe waren allem Anschein nach nicht vorhanden. Zur Obduktion der Leiche konnten wir uns nicht entschließen, weil uns davor ekelte. Am Abend des gleichen Tages lief auf allen Fernschreibern der Welt folgende Meldung ein: »Er starb eines natürlichen Todes.« Wer, wurde nicht mitgeteilt, aber die Welt erriet es.

Das Vierte Plenum stand im Zeichen der Trauer.

Ich ergriff das Wort und sagte:

»Meine Herren Abgeordneten! Wenn ich irgendwann mal Kinder haben sollte, werde ich ihnen das Porträt des Prokurators von Judäa, Pontius Pilatus, an die Wand hängen, damit sie reinlich aufwachsen. Der Prokurator, Pontius Pilatus, steht da und wäscht sich die Hände – so ein Porträt wird das sein. Ebenso mache ich es jetzt: ich erhebe mich und wasche mir die Hände. Ich habe mich euch im Suff und entgegen jeglicher Vernunft angeschlossen. Ich habe euch von Anfang an gesagt, daß die Herzen revolutioniert werden müssen und die Seele sich zu den ewigen moralischen Kategorien erheben muß. Das, was ihr hier angezettelt habt, ist ein Scheißspiel. Nichts als Firlefanz, künstliche Hektik und Verwirrung ...

Was erwartet ihr euch davon? Überlegt doch mal selbst! In die EWG wird uns niemand aufnehmen. Die Schiffe der Siebten US-Flotte können nicht zu uns stoßen, und sie werden es auch nicht wollen ...«

Da fingen sie aus der Menge an zu schreien:

»Gib die Hoffnung nicht auf, Wenja! Mach nicht in die Hose! Man wird uns Bomber liefern! Die B-52!«

»Wie bitte?«

»Die B-52!«

»Daß ich nicht lache! Darauf könnt ihr lange warten, Herren Senatoren!«

»Und Starfighter werden sie uns auch liefern!«

»Ha-ha! Wer hat hier Starfighter gesagt? Noch ein Wort über die Starfighter, und ich platze vor Lachen ...«

Da schaltete sich Tichonow von seinem Platz aus ein:

»Starfighter werden sie uns vielleicht wirklich keine liefern, aber die Entwertung des Franc, die werden sie uns mit Sicherheit liefern ...«

»Ein Trottel bist du, Tichonow, das steht fest! Ich bestreite nicht, daß du ein wertvoller Theoretiker bist, aber du mußt immer danebenhauen! ... Doch darum geht es jetzt nicht. Der ganze Bezirk von Petuschki steht in Flammen, und niemand bemerkt es, nicht einmal im Bezirk von Petuschki selbst. Warum? Kurz, ich zucke mit den Schultern und trete vom Amt des Präsidenten zurück. Ich mache es wie Pontius Pilatus: ich wasche meine Hände und trinke vor euch allen unseren ganzen Rest Rossijskaja aus. Ja. Ich trete meine Vollmachten mit Füßen und verlasse euch. Ich gehe nach Petuschki.«

Ihr könnt euch vorstellen, was für ein Sturm unter den Delegierten losbrach, besonders in dem Moment, als ich ansetzte, um den Rest Rossijskaja auszutrinken ...! Und als ich aufbrach und fortging – was für Ausdrücke sie mir da nachriefen! Ich muß diese Ausdrücke ja wohl nicht wiederholen, ihr könnt es euch selbst vorstellen ...

Ich empfand keine Reue. Ich ging über Wiesen und Weiden, durch Gestrüpp von Heckenrosen und durch Kuhherden. Auf den Feldern verneigten sich die Ähren vor mir, und die Kornblumen lächelten mir zu. Doch ich wiederhole: ich empfand keine Reue ... Die Sonne war schon untergegangen, aber ich ging immer noch.

»Himmlische Mutter«, sagte ich, »wie weit ist es doch bis Petuschki! Ich gehe und gehe, und Petuschki kommt nicht näher. Und dabei ist es schon dunkel. Wo geht es nur nach Petuschki?«

»Wo geht es nur nach Petuschki?« fragte ich, während ich auf die hell erleuchtete Veranda zuging, die vor mir lag. Wo kam sie plötzlich her, diese Veranda? Vielleicht war das gar keine Veranda, sondern eine Terrasse oder ein Mezzanin oder ein Flügel? Das kann ich nämlich nie auseinanderhalten.

Ich klopfte an und fragte noch einmal: »Wo geht es nur nach Petuschki? Ist es noch weit bis Petuschki?« Statt einer Antwort brachen alle, die auf der Veranda saßen, in Gelächter aus und sagten kein Wort. Ich war gekränkt und klopfte noch einmal. Auf der Veranda brach wieder das gleiche Gewieher los. Merkwürdig! Nicht genug damit, wieherte jemand auch noch hinter meinem Rücken.
Ich sah mich um. Die Passagiere im Zug »Moskau – Petuschki« saßen auf ihren Plätzen und grinsten dreckig. Ach so? Ich sitze also immer noch im Zug und fahre ...?
Macht nichts, Jerofejew, macht nichts. Laß sie nur lachen, achte nicht darauf. Wie sagte doch Saadi, der große Dichter der Perser: »Sei aufrecht und einfach wie eine Zypresse. Sei edel und freigebig wie eine Palme.« Ich verstehe nicht, was die Palme zur Sache tut, aber ist ja egal, sei trotzdem wie eine Palme. Hast du noch einen Schluck Kubanskaja in der Tasche? Hab ich. Na also, dann geh hinaus auf die Plattform und trink. Trink, damit der Brechreiz nachläßt.
Ich ging auf die Plattform, von allen Seiten eingekreist von dem blöden Grinsen der Passagiere. Vom Grund meiner Seele stieg Unruhe auf, und es war unmöglich, zu begreifen, was für eine Unruhe das war, woher sie kam und warum sie so unfaßbar war ...
»Ist die nächste Haltestelle Ussad, ja?« Die Leute drängten sich an den Türen in Erwartung des Ausstiegs. An sie war meine Frage gerichtet: »Ist die nächste Haltestelle Ussad?«
»Was stellst du hier dumme Fragen im besoffenen Kopf? Hättest lieber zu Hause bleiben sollen«, antwortete irgend so ein Opa. »Du hättest zu Hause bleiben und deine Schulaufgaben machen sollen. Bestimmt sind deine Schulaufgaben für morgen noch nicht fertig, deine Mutter wird schimpfen.«
Und dann setzte er hinzu: »Kaum trocken hinter den Ohren, aber gescheit daherreden!«

Ist der übergeschnappt, der Alte? Was für eine Mutter? Was für Schulaufgaben? Was für Ohren? Doch nein, wahrscheinlich ist nicht der Alte übergeschnappt, sondern ich. Weil nämlich ein anderer Opa mit ganz, ganz weißem Gesicht, der neben mir stand, mir von unten nach oben in die Augen sah und sagte:
»Und überhaupt: wohin willst du schon fahren? Unter die Haube kommst du sowieso nicht mehr und auf den Friedhof noch früh genug. Wohin willst du schon fahren, kleine Nachtschwärmerin?«
Kleine Nachtschwärmerin!!!
Ich zuckte zusammen und verdrückte mich auf die andere Seite der Plattform. Etwas geht auf der Welt nicht mit rechten Dingen zu. Etwas ist faul im Königreich. Die Leute können nicht alle Tassen im Schrank haben. Für alle Fälle befühlte ich mich vorsichtig von oben bis unten. Ich und »kleine Nachtschwärmerin«! Wie kommt er bloß darauf? Was soll das? Man kann natürlich einen Spaß machen, aber doch nicht einen derart plumpen!
Ich bin bei Sinnen, nur die andern sind alle nicht bei Sinnen. Oder ist es umgekehrt: sind alle andern bei Sinnen, nur ich allein bin es nicht? Die Unruhe kam höher und höher aus der Tiefe des Herzens. Und als wir an der Haltestelle waren und sich die Tür öffnete, hielt ich es nicht mehr aus und fragte noch einmal einen der Aussteigenden:
»Ist das Ussad, ja?«
Der spannte sich plötzlich wie eine Saite und fauchte mich an: »Ganz und gar nicht!!« Und dann – dann drückte er mir die Hand, verbeugte sich und flüsterte mir ins Ohr: »Ich werde Ihre Güte nie vergessen, Genosse Oberleutnant . . .!«
Er stieg aus dem Zug aus und wischte sich mit dem Ärmel eine Träne aus dem Gesicht.

Ussad — Kilometer 105

Ich blieb auf der Plattform zurück, allein, verlassen und in völliger Konsternation. Eigentlich war das gar keine Konsternation, sondern wieder die gleiche Unruhe, die jetzt in Bitterkeit überging. Einerlei. Der Teufel soll ihn holen. Meinetwegen »kleine Nachtschwärmerin«, meinetwegen »Oberleutnant«. Ich möchte nur eins wissen. Warum ist es hinter dem Fenster so dunkel? Kann mir das jemand sagen? Warum ist es hinter dem Fenster so dunkel, wenn der Zug seit dem Morgen erst einhundert Kilometer gefahren ist? Warum ...?

Ich drückte meine Stirn gegen die Scheibe. Welche Finsternis! Und was ist das dort in der Finsternis? Regen oder Schnee? Oder sind es Tränen, durch die ich in diese Finsternis sehe? Gott!

»Ah! Du bist es!« sagte jemand hinter meinem Rücken mit so angenehmer und hämischer Stimme, daß ich mich gar nicht erst umdrehte. Ich hatte sofort begriffen, wer da hinter meinem Rücken stand. Gleich wird er anfangen, mich zu versuchen, dachte ich. Widerliche Fratze! Hat der nichts anderes zu tun?

»Du bist es also, Jerofejew«, sagte der Satan.

»Klar bin ich es, wer denn sonst?«

»Ist es schwer, Jerofejew?«

»Klar ist es schwer. Nur geht dich das nichts an. Geh weiter, du bist an den Falschen geraten ...«

Ich sagte das, immer noch mit dem Kopf gegen die Fensterscheibe gelehnt, ohne mich umzudrehen.

»Wenn es schwer ist«, fuhr der Satan fort, »dann bezwinge den Höhenflug. Bezwinge den Höhenflug des Geistes. Das wird dich erleichtern.«

»Um keinen Preis.«

»Du bist ein Dummkopf.«

»Der Dummkopf bist du.«

»Schon gut, schon gut ... ich sag kein Wort mehr! Mach

lieber folgendes: spring doch einfach während der Fahrt aus dem Zug. Vielleicht hast du Glück und überlebst es ...«

Ich dachte einen Augenblick nach, bevor ich antwortete: »Nein, nein, springen tu ich nicht. Ich hab Angst. Das würde ich auf keinen Fall überleben ...«

Der Satan ging beschämt weiter.

Und ich? Was blieb mir? Ich trank sechs Schlucke aus der Flasche und drückte die Stirn wieder an die Scheibe. Die Finsternis ballte sich vor dem Fenster und vergrößerte die Unruhe. Und gleichzeitig weckte sie einen dunklen Gedanken. Ich preßte meinen Kopf mit beiden Händen, um diesen Gedanken zu präzisieren, aber er ließ sich nicht präzisieren, sondern verschwamm wie ausgegossenes Bier auf dem Tisch. Mir gefiel diese Finsternis da draußen nicht, sie gefiel mir ganz und gar nicht. Doch die sechs Schluck Kubanskaja näherten sich schon dem Herzen, leise, einer nach dem anderen. Und das Herz trat in Widerstreit mit der Vernunft ...

»Was gefällt dir denn nicht an dieser Finsternis? Finsternis ist und bleibt Finsternis, daran änderst du nichts. Auf Dunkel folgt Licht, und auf Licht folgt Dunkel – das ist meine Meinung. Und ob es dir paßt oder nicht, die Finsternis wird nicht aufhören, Finsternis zu sein. Es bleibt also nur ein Ausweg: die Finsternis annehmen. Die ewigen Gesetze des Lebens werden wir Idioten nicht umstoßen können. Wenn wir das linke Nasenloch zuhalten, werden wir uns nur durch das rechte Nasenloch schneuzen können. Nicht wahr? Also, dann hör auf, nach Licht hinter dem Fenster zu schreien, wenn hinter dem Fenster Dunkelheit herrscht ...«

»Das ist alles richtig, aber ich bin doch morgens um acht Uhr sechzehn vom Kursker Bahnhof abgefahren ...«

»Na, und wenn schon! ... Schließlich haben wir inzwischen Herbst, die Tage nehmen ab. Kaum kommst du zur Besinnung – peng!, schon wieder dunkel ... Und nach

Petuschki fährt man lange, o je, o je! Von Moskau nach Petuschki – o je, o je, da fährt man lange ...!«

»O je, o je! Was hast du denn dauernd mit deinem ›o je, o je‹? Von Moskau nach Petuschki fährt man genau zwei Stunden und fünfzehn Minuten. Letzten Freitag zum Beispiel ...«

»Laß doch den letzten Freitag aus dem Spiel. Was hat der denn mit dem heutigen Freitag zu tun? Letzten Freitag hatte der Zug zum Beispiel fast nirgends Aufenthalt. Und überhaupt waren die Züge früher schneller ... Und heute? Der Teufel soll sie holen. Stehen und stehen, und kein Mensch weiß, warum. Manchmal könnte einem schlecht davon werden. Stehen und stehen, und so an jedem Baum. Außer Jessino ...«

Ich warf erneut einen Blick aus dem Fenster und runzelte wieder die Stirn.

»Ja-a ... Trotzdem ist es merkwürdig ... um sieben Uhr morgens bin ich losgefahren und immer noch unterwegs ...«

Da begehrte das Herz auf: »Und die andern? Sind die andern etwa schlechter als du? Die andern fahren schließlich auch und fragen nicht, warum es so lange dauert und warum es so dunkel ist. Sie fahren schön langsam und sehen aus dem Fenster. Warum solltest du schneller fahren als sie? Es ist lächerlich, dir zuzuhören, Wenja, lächerlich und widerlich ... Was bist du für ein Brausekopf! Wenn du schon getrunken hast, Wenja, dann sei etwas bescheidener, bilde dir nicht ein, daß du gescheiter und besser bist als die andern!«

Das hatte mich endgültig zermürbt. Ich verließ die Plattform, kehrte ins Abteil zurück und setzte mich auf die Bank, bemüht, nicht aus dem Fenster zu sehen. Die andern Passagiere im Zug, fünf oder sechs Leute, dösten mit dem Kopf auf der Brust, wie Säuglinge ... Ich wäre beinahe auch eingedämmert ...

Doch plötzlich sprang ich auf. »Gütiger Gott! Aber sie

erwartet mich doch um elf Uhr morgens! Um elf Uhr morgens, und draußen ist es immer noch dunkel ... Das heißt also, daß ich noch bis Tagesanbruch auf sie warten muß. Ich weiß ja nicht, wo sie wohnt. Zwölfmal habe ich mich schon zu ihr durchgeschlagen, aber immer durch irgendwelche Hinterhöfe und immer mit besoffenem Kopf ... Wie schade, daß ich das dreizehnte Mal völlig nüchtern zu ihr fahre. Deshalb werde ich warten müssen, bis es endlich hell wird. Wann wird endlich die Sonne meines dreizehnten Freitags aufgehen? Doch stop! Als ich aus Moskau wegfuhr, war doch die Sonne meines dreizehnten Freitags bereits aufgegangen. Das heißt also, daß heute Freitag ist. Doch warum ist es nur so dunkel hinter dem Fenster ...?«

»Es geht ja schon wieder los! Du mit deiner Dunkelheit. Hast du nichts anderes im Kopf?«

»Aber letzten Freitag ...«

»Jetzt kommst du schon wieder mit dem letzten Freitag. Ich sehe, Wenja, du lebst völlig in der Vergangenheit. Ich sehe, daß du überhaupt nicht an die Zukunft denken willst!«

»Nein, nein, hör zu ... Letzten Freitag, genau um elf Uhr morgens, stand sie auf dem Bahnsteig, mit ihrem Zopf vom Nacken bis zum Hintern ... es war ganz hell, ich erinnere mich genau, und an den Zopf erinnere ich mich auch ganz genau ...«

»Laß doch den Zopf. Begreif doch endlich, Idiot, ich wiederhole: die Tage nehmen ab, weil Herbst ist. Ich bestreite nicht, daß es letzten Freitag um elf Uhr morgens hell war. Doch diesen Freitag kann es um elf Uhr morgens bereits so dunkel sein, daß man die Hand vor Augen nicht mehr sieht. Weißt du eigentlich, wie schnell die Tage heute abnehmen? Weißt du das? Ich sehe, du weißt überhaupt nichts und gibst nur vor, daß du alles weißt. Du kommst mir mit dem Zopf. Der Zopf mag ja vielleicht länger werden, der kann seit dem letzten Freitag schon weiter reichen als bis zum Hintern. Aber mit dem Herbsttag ist es umgekehrt – je mehr Zeit vergeht, desto kürzer wird er...! Du bist schon recht begriffsstutzig, Wenja!«

Ich gab mir selbst eine leichte Backpfeife, trank noch drei Schluck, und meine Augen füllten sich mit Tränen. Vom Grund meiner Seele stieg anstelle der Unruhe Liebe auf. Ich war untröstlich.

»Du hast ihr Purpur und Lilien versprochen, und nun hast du für sie dreihundert Gramm Pralinen ›Kornblume‹. In zwanzig Minuten wirst du in Petuschki sein und ihr auf dem sonnenüberfluteten Bahnsteig verlegen diese ›Kornblume‹ reichen. Und ringsum werden alle sagen: ›Zum dreizehnten Mal sehen wir nichts anderes als diese „Kornblume". Kein einziges Mal haben wir Lilien oder Purpur gesehen!‹ Und sie wird auflachen und sagen...«

Beinahe wäre ich wirklich eingeschlafen. Mein Kopf war mir auf die Schulter gefallen, und ich wollte ihn bis Petuschki nicht mehr hochheben. Ich hatte mich erneut dem Strom hingegeben...

Kilometer 105 – Pokrow

Aber ich wurde daran gehindert, mich länger dem Strom hinzugeben. Kaum hatte ich mich vergessen, schlug mir jemand mit dem Schwanz über den Rücken.

Ich zuckte zusammen und drehte mich um: Vor mir stand jemand ohne Beine, ohne Schwanz und ohne Kopf.

»Wer bist du?« fragte ich verwundert.

»Rate mal!« Er lachte kannibalisch.

»Raten? Das fehlte noch!«

Ich wandte mich beleidigt ab, um mich wieder zu vergessen. Doch da versetzte mir jemand aus dem Anlauf

mit seinem Kopf einen Hieb ins Kreuz. Ich drehte mich um: Vor mir stand wieder dieser Jemand ohne Beine, ohne Schwanz und ohne Kopf.
»Weshalb schlägst du mich?« fragte ich.
»Rate mal!« antwortete er, wieder mit dem gleichen kannibalischen Lachen.
Diesmal entschloß ich mich doch für das Raten. Wenn ich mich wieder von ihm abwende, dachte ich, fällt ihm bestimmt nichts Gutes ein; dann haut er mir womöglich seine Beine ins Kreuz.
Ich senkte die Augen und dachte nach. Er wartete, daß ich es erraten sollte, und fuchtelte mit seiner ansehnlichen Faust vor meiner Nase herum, als würde er mir Idioten die Rotze abwischen wollen.
Als erster fing dann doch er zu sprechen an:
»Du fährst also nach Petuschki? In die Stadt, wo weder sommers noch winters der Jasmin und so weiter . . .?«
»Ja. Wo weder sommers noch winters der Jasmin und so weiter.«
»Wo deine Schnalle zwischen Jasmin und Seide flackt und die Vöglein um sie herumflattern und sie küssen, wohin es ihnen gefällt.«
»Jawohl, wohin es ihnen gefällt.«
Er lachte wieder und versetzte mir einen Schlag zwischen die Rippen: »Hör zu. Vor dir steht die Sphinx, und sie wird dich nicht in jene Stadt lassen.«
»Und warum wird sie mich nicht lassen? Warum willst du mich nicht lassen? Was ist denn los in Petuschki? Ist etwa eine Seuche ausgebrochen, oder hat man deine Tochter jemandem versprochen, und du . . .«
»Das, was dort vor sich geht, ist schlimmer als alle Seuchen und Töchter zusammen. Ich muß es schließlich wissen. Also: ich lasse dich nicht hin, und basta. Das heißt, ich lasse dich, wenn du fünf Rätsel lösen kannst.«
Wie kommt dieser Dreckskerl auf Rätsel? dachte ich für mich und sagte laut:

»Also, hör auf mich zu quälen. Welches sind deine Rätsel? Nimm deine Faust weg und schlag mich nicht in die Rippen. Fang an mit den Rätseln.«

Wie kommt dieses Arschloch auf Rätsel? dachte ich noch einmal, doch er hatte schon mit dem ersten begonnen:

»Der berühmte Stoßarbeiter Alexej Stachanow ging zweimal am Tag ein kleines Geschäft machen und einmal in zwei Tagen ein großes. Wenn es vorkam, daß er sich besoff, ging er viermal am Tag ein kleines Geschäft machen und kein einziges Mal ein großes. Wie oft im Jahr ging der Stoßarbeiter Alexej Stachanow ein kleines Geschäft machen und wie oft ein großes, wenn man davon ausgeht, daß er sich an dreihundertundzwölf Tagen im Jahr besoff?«

Auf wen spielt der bloß an, diese Wildsau, dachte ich. Geht nie zur Toilette, säuft, ohne aufzuwachen? Auf wen spielt er an, der Drecksack?

Ich war gekränkt und sagte:

»Das ist ein schlechtes Rätsel, Sphinx. Das ist ein Rätsel mit einem schweinischen Hintergedanken. Ich werde dieses schlechte Rätsel nicht lösen.«

»Ach so, du willst nicht? Nur zu. Du wirst noch früh genug zu singen anfangen. Hier ist das zweite:

Als die Schiffe der Siebten US-Flotte am Bahnhof in Petuschki anlegten, waren keine Mädchen von der Partei anwesend. Wenn man aber die Komsomolzen zu den Parteimitgliedern zählt, dann war jede dritte von ihnen eine Blondine. Nachdem die Schiffe der Siebten US-Flotte wieder abgelegt hatten, stellte sich folgendes heraus: jede dritte Komsomolzin war vergewaltigt worden, jede vierte Vergewaltigte war Komsomolzin, jede fünfte vergewaltigte Komsomolzin war eine Blondine, jede neunte vergewaltigte Blondine war Komsomolzin. Wenn es in Petuschki 428 Mädchen gibt, wieviele parteilose Brünette von ihnen blieben dann unberührt?«

Auf wen, auf wen bloß spielt er jetzt wieder an, der

Hund? Warum sind die Brünetten alle heil geblieben und die Blondinen allesamt vergewaltigt worden? Was will er damit sagen, der Parasit?
»Ich werde auch dieses Rätsel nicht lösen, Sphinx. Du mußt schon entschuldigen, aber das tu ich nicht. Das ist ein sehr häßliches Rätsel. Wie lautet das dritte?«
»Ha-ha! So lautet das dritte:
Wie bekannt, gibt es in Petuschki keine Punkte A. Punkte C schon gar nicht. Es gibt nur Punkte B. So. Als der Polarforscher Papanin sich aufmachte, den Flieger Wodopjanow zu retten, ging er auf Punkt B_1 los in Richtung Punkt B_2. Zum gleichen Zeitpunkt machte sich Wodopjanow auf, um Papanin zu retten. Er ging auf Punkt B_2 los in Richtung Punkt B_1. Aus irgendeinem Grund kamen beide am Punkt B_3 heraus, der zwölf wodopjanowsche Spucklängen vom Punkt B_1 entfernt war und sechzehn papaninsche Spucklängen von Punkt B_2. Wenn man davon ausgeht, daß Papanin eine Spucklänge von drei Metern und zweiundsiebzig Zentimetern hatte und Wodopjanow überhaupt nicht spucken konnte, war dann Papanin tatsächlich losgegangen, um Wodopjanow zu retten?«
Mein Gott! Hat die den Verstand verloren, diese räudige Sphinx? Was faselt der da? Warum gibt es in Petuschki kein A und kein C, sondern nur Bs? Auf wen spielt er an, dieses Schwein?
»Ha-ha!« schrie die Sphinx auf und rieb sich die Hände. »Du willst also auch dieses Rätsel nicht lösen? Auch dieses nicht? Aufgelaufen, was? Du Jammerlappen. So ist's recht. Hier ist das vierte Rätsel:
Der Premier des Britischen Imperiums, Lord Chamberlain, wollte das Bahnhofsrestaurant in Petuschki verlassen, doch er rutschte auf irgend jemandes Kotze aus und warf im Fallen einen Tisch um. Bis zu seinem Fall befanden sich auf diesem Tisch zwei Stück Torte zu je fünfunddreißig Kopeken, zwei Portionen Boeuf Stroganoff zu

je dreiundsiebzig Kopeken, zwei Portionen Euter zu je neununddreißig Kopeken und zwei Karaffen mit je achthundert Gramm Sherry. Sämtliche Scherben blieben ganz, während alle Gerichte unbrauchbar wurden. Mit dem Sherry passierte folgendes: eine Karaffe blieb heil, aber der ganze Sherry war aus ihr bis auf den letzten Tropfen ausgelaufen. Die andere Karaffe zerbrach in tausend Scherben, doch war aus ihr kein einziger Tropfen ausgelaufen. Wenn man davon ausgeht, daß eine leere Karaffe das Dreifache einer Portion Euter kostet (was der Sherry kostet, weiß jedes Kind), wie hoch war dann die Rechnung, die man Lord Chamberlain, dem Premier des Britischen Imperiums, im Restaurant des Kursker Bahnhofs präsentierte?«

»Warum denn plötzlich am Kursker Bahnhof?«

»Darum!«

»Ja, wo ist er denn nun ausgerutscht? Ich denke, das war in Petuschki. Lord Chamberlain ist doch im Bahnhofsrestaurant von Petuschki ausgerutscht!«

»Aber die Rechnung hat man ihm im Kursker Bahnhof präsentiert. Wie hoch war diese Rechnung?«

Du mein Gott! Wo kommen solche Sphinxen her? Ohne Beine, ohne Kopf, ohne Schwanz und faselt so viel Blödsinn. Und diese abgefeimte Fresse! ... Auf was spielt er an, dieser Kretin?

»Das ist kein Rätsel, Sphinx, das ist Verarschung.«

»Nein, das ist keine Verarschung, Wenja. Das ist ein Rätsel. Und wenn es dir nicht gefällt, dann ...«

»Dann her mit dem letzten, los!«

»Gut. Aber hör genau zu:

Minin und Posharskij treffen sich. ›Du siehst heute so merkwürdig aus, Minin‹, sagt Posharskij, ›als hättest du ziemlich viel getrunken.‹ ›Du siehst aber auch reichlich merkwürdig aus, Posharskij, schläfst im Gehen.‹ ›Hand aufs Herz, Minin, wieviel hast du heute getrunken?‹ ›Gleich sag ich's dir: zuerst einhundertfünfzig Gramm

Rossijskaja, dann fünfhundertachtzig Gramm Kubanskaja, einhundertfünfzig Gramm Stolitschnaja, einhundertfünfundzwanzig Gramm Pfefferwodka und siebenhundert Gramm Bier mit Wodka. Und du?‹ ›Genausoviel wie du, Minin.‹ ›Und wohin gehst du jetzt, Posharskij?‹ ›Wohin schon! Nach Petuschki natürlich. Und du, Minin?‹ ›Ich auch. Aber du, Fürst, gehst in die falsche Richtung!‹ ›Nein, du gehst in die falsche Richtung, Minin.‹ Kurz, sie überzeugten einander, daß sie umkehren mußten. Posharskij ging dahin, wo Minin hingehen wollte, und Minin dahin, wo Posharskij hingehen wollte. Und beide kamen am Kursker Bahnhof heraus.
So. Und jetzt sag mir eins: wenn sie beide die Richtung nicht geändert hätten und jeder seinen ursprünglichen Weg fortgesetzt hätte, wo wären sie dann herausgekommen? Wo wäre Posharskij gelandet? Sag mal!«
»In Petuschki?« fragte ich voller Hoffnung.
»Eben nicht! Ha-ha! Posharskij wäre am Kursker Bahnhof gelandet! Und nirgends sonst!«
Die Sphinx lachte und stellte sich auf beide Beine.
»Und Minin? Wo wäre der gelandet, wenn er seinen Weg fortgesetzt und nicht auf Posharskij gehört hätte? Wo wäre Minin herausgekommen?«
»Vielleicht in Petuschki?« Ich hatte nur noch wenig Hoffnung und war den Tränen nahe. »In Petuschki, ja?«
»Ha-ha! Und warum nicht am Kursker Bahnhof? Du willst nicht, was?«
Die Sphinx schleuderte ihren Schwanz durch die Luft, als müsse sie sich Kühlung zufächeln, weil sie vor Schadenfreude und Siegesgewißheit schwitzte.
»Minin wäre auch am Kursker Bahnhof herausgekommen! ... Und wer von ihnen wäre nach Petuschki gekommen? Ha-ha! Nach Petuschki, ha-ha, kommt überhaupt keiner ...!«
Was für eine Lache dieser Halsabschneider hatte! Ich habe noch nie im Leben so ein blutsaugerisches Lachen gehört.

Und wenn es wenigstens beim Lachen geblieben wäre! Aber nein, die Sphinx packte mich, während sie weiterlachte, mit zwei Gelenken an der Nase und zerrte mich irgendwohin …

»Wohin? Wo schleppst du mich hin, Sphinx? Wo schleppst du mich hin …?«

»Das wirst du schon sehen! Ha-ha! Das wirst du schon sehen …!«

Pokrow — Kilometer 113

Sie zerrte mich auf die Plattform hinaus, drehte mich mit der Visage gegen das Fenster und löste sich in Luft auf. Wozu sollte das gut sein? Da soll sich noch einer auskennen.

Ich sah durch das Fenster. Draußen war es nicht mehr so dunkel wie vorher. Auf die verschwitzte Scheibe hatte jemand mit dem Finger »Sau« geschrieben. Und durch diese Buchstaben hindurch sah ich plötzlich die Lichter einer Stadt, viele Lichter und die vorbeischwimmende Stationsaufschrift »Pokrow«.

Pokrow! Im Landkreis von Petuschki! Noch drei Haltestellen, und ich bin in Petuschki. Du bist auf dem rechten Weg, Wenedikt Jerofejew. Die Unruhe, die bis dahin vom Grund der Seele immer höher gekrochen war, plumpste in diesem Moment auf den Grund der Seele und verstummte … Sie verstummte und blieb so drei oder vier Augenblicke auf dem Grund meiner Seele liegen. Aber dann — dann, nicht, daß sie langsam höher gestiegen wäre, nein, sie machte einen jähen Satz nach oben. Ein Gedanke, ein entsetzlicher Gedanke, schoß mir durch den Kopf und ließ mich weich in den Knien werden.

Eben war der Zug von Pokrow abgefahren. Ich habe die

Aufschrift »Pokrow« und helle Lichter gesehen. Das ist alles in Ordnung, Pokrow und die hellen Lichter. Doch warum war das alles auf der rechten Seite in Fahrtrichtung ...?

Ich gebe zu, daß mein Verstand einigermaßen getrübt ist, aber ich bin doch kein Kind mehr, ich weiß doch, was es bedeutet, wenn die Station Pokrow auf der rechten Seite liegt. Das bedeutet, daß ich von Petuschki nach Moskau fahre und nicht von Moskau nach Petuschki! ... Diese verdammte Sphinx!

Mir blieb die Luft weg. Ich torkelte hilflos durch das Abteil, in dem sich keine Menschenseele mehr befand. Ganz ruhig, Wenitschka, nur keine Aufregung. Hör auf zu klopfen, dummes Herz. Vielleicht hast du das alles nur verwechselt. Vielleicht lag Pokrow doch links und nicht rechts. Geh wieder auf die Plattform hinaus und schau dir genau an, auf welcher Seite in Fahrtrichtung des Zuges »Sau« auf der Scheibe steht.

Ich rannte auf die Plattform hinaus und sah nach rechts: auf der beschlagenen Scheibe stand schön und deutlich »Sau«. Ich sah nach links: da stand ebenfalls »Sau«. O mein Gott! Ich faßte mir an den Kopf und lief ins Abteil zurück. Mir blieb wieder die Luft weg, und ich begann erneut zu torkeln. Ganz ruhig, ganz ruhig ... Erinnere dich, Wenitschka; den ganzen Weg von Moskau hast du links in Fahrtrichtung gesessen und alle Schnurrbärtigen, alle Mitritschs und alle Dekabristen – alle saßen rechts in Fahrtrichtung. Wenn du also in die richtige Richtung fährst, muß dein Köfferchen auf der linken Seite in Fahrtrichtung liegen. Siehst du, wie einfach das ist!

Ich hastete durch den ganzen Wagen auf der Suche nach meinem Köfferchen, aber das Köfferchen war nirgends zu sehen, weder rechts noch links.

Wo ist mein Köfferchen?!

»Ist schon gut, Wenja, beruhige dich. Laß nur. Das Köfferchen ist Nebensache, das wird sich später wieder auffinden. Beantworte dir erst eine Frage: wohin fährst du? Dein Köfferchen kannst du danach suchen. Die Antwort finden oder eine Million? Natürlich erst die Antwort finden und dann meinetwegen die Million.«

»Du bist edel, Wenja. Trink den Rest Kubanskaja darauf, daß du edel bist.«

Ich trank den Rest aus, den Kopf nach hinten geworfen. Augenblicklich zerstreute sich das Dunkel, in das ich eingetaucht war, und Morgenlicht flackerte aus den Tiefen der Seele und des Verstandes auf. Vor meinen Augen begann ein Wetterleuchten, ein Aufleuchten auf jeden Schluck und auf jeden Schluck ein Aufleuchten.

»Der Mensch darf nicht einsam sein – das ist meine Meinung. Der Mensch muß sich den andern geben, auch wenn ihn keiner haben will. Und wenn er trotzdem einsam bleibt, muß er durch die Abteile laufen. Er muß Menschen finden und ihnen sagen: ›Da bin ich. Ich bin einsam. Ich gebe mich euch restlos (weil ich den Rest eben ausgetrunken habe, ha-ha!). Und ihr müßt euch mir geben und mir dann eine Frage beantworten: Wohin fahren wir? Von Moskau nach Petuschki oder von Petuschki nach Moskau?‹«

»Muß der Mensch nach deiner Meinung so handeln?« fragte ich mich, den Kopf nach links geneigt.

»Ja, genau so«, antwortete ich mir selbst, den Kopf nach rechts geneigt. Man kann doch nicht ewig die »Sau« auf beschlagenen Scheiben studieren und sich mit Rätseln herumschlagen . . .!

Ich begann, durch die Abteile zu laufen. Im ersten war niemand, nur der Regen peitschte durch die geöffneten Fenster. Im zweiten war auch niemand, nicht einmal Regen . . . Im dritten war jemand . . .

Kilometer 113 – Höllenbreughel

... eine Frau, ganz in Schwarz, von Kopf bis Fuß, stand am Fenster und sah teilnahmslos in den Nebel hinaus, ein Spitzentaschentuch an die Lippen gepreßt. Nicht zu fassen! Eine Kopie des »Untröstlichen Kummers«. Eine Kopie von dir, Jerofejew, dachte ich sofort und brach innerlich in Gelächter aus.

Leise, auf Zehenspitzen, um die Verzauberung nicht zu stören, schlich ich mich von hinten an sie heran und verbarg mich. Die Frau weinte ...

Sieh dir das an. Ein Mensch sondert sich ab, um zu weinen ... Doch ist er nicht einsam von Anbeginn. Wenn der Mensch weint, will er nur nicht, daß jemand Zeuge seiner Tränen wird. Und das ist ganz richtig so. Denn gibt es auf der Welt etwas Erhabeneres als die Untröstlichkeit ...? Oh, jetzt etwas sagen, etwas so Großes, daß sich die Augen aller Mütter mit Tränen füllen, daß sich die Schlösser und Hütten, die Zelte und Kischlaks in Trauer hüllen ...!

Was sollte ich also sagen?

»Fürstin«, rief ich sie leise an.

»Was willst du?« antwortete die Fürstin und sah weiter aus dem Fenster.

»Nichts weiter. Du hast im Rücken eine Ziehharmonika, sonst nichts.«

»Quatsch nicht, Kleiner. Das ist keine Ziehharmonika, das ist mein Nasenbein. Setz dich lieber hin und halt den Mund, das ist gescheiter ...«

Ich in meiner Situation den Mund halten! Ich, der durch alle Abteile gelaufen ist, um des Rätsels Lösung zu finden! Schade, daß ich vergessen habe, worum es in dem Rätsel ging, doch ich erinnere mich, daß es etwas sehr Wichtiges war ...

Aber das ist jetzt egal, ich komme später darauf ... Eine Frau weint, das ist viel wichtiger ... Oh, ihr Ruchlosen!

Ihr habt meine Erde zu einer stinkenden Hölle gemacht. Ihr zwingt uns, unsere Tränen vor den Menschen zu verbergen und unser Lachen zur Schau zu stellen ...! Oh, ihr niedrigen Subjekte! Ihr habt den Menschen nichts gelassen, außer »Schmerz« und »Angst«, und nach alledem, nach alledem ist das Lachen bei euch öffentlich und die Tränen sind tabu ...!

Jetzt etwas sagen, um dieses ganze Ungeziefer mit einem einzigen Verb auszutilgen! Etwas sagen, um die Völker des Altertums in Verwirrung zu stürzen ...!

Ich dachte nach und sagte:

»Fürstin! He, Fürstin!«

»Was willst du schon wieder?«

»Du hast keine Ziehharmonika mehr. Ich kann sie nicht mehr sehen.«

»Was kannst du denn sehen?«

»Nur noch eine Hasenscharte.«

(Sie drehte sich nicht um und hörte nicht auf, aus dem Fenster zu sehen, während sie mit mir sprach.)

»Du bist mir selber so eine Hasenscharte.«

Was soll's, wenn sie meint, dann bin ich eben eine Hasenscharte. Ich fühlte mich plötzlich furchtbar elend und müde und ließ mich auf die Bank fallen. Ich konnte mich beim besten Willen nicht mehr erinnern, wozu ich durch die Abteile gelaufen war und diese Frau getroffen hatte ... Ich möchte doch wissen, was da so wichtig war ...

»Hör mal, Fürstin! Wo ist eigentlich dein Kammerdiener Pjotr? Ich habe ihn seit letztem August nicht mehr gesehen.«

»Was faselst du da?«

»Ehrenwort, ich habe ihn seither nicht mehr gesehen. Wo ist er, dein Kammerdiener?«

»Er ist genauso gut deiner wie meiner!« fauchte die Fürstin. Und plötzlich wandte sie sich von dem Fenster ab und stürzte zur Tür, ihr Kleid am Boden nachschleifend. An der Tür blieb sie stehen, wandte mir ihr heiseres,

brüchiges, tränenüberströmtes Gesicht zu und schrie mich an:
»Ich hasse dich, Andrej Michajlowitsch! Ich has-se dich!!«
Und verschwand.
»Ja-a-a!« Ich dehnte dieses »ja« wie jüngst der Dekabrist. »Das lasse ich mir gefallen. Die hat's mir ganz schön gegeben!« Und doch ist sie gegangen, ohne mir eine Antwort auf das Wichtigste gegeben zu haben! ... Himmlische Mutter, was war bloß dieses Wichtige? Im Namen Deiner Güte – laß es mir einfallen! ... Kammerdiener!
Ich klingelte mit dem Glöckchen ... Nach einer Stunde klingelte ich wieder.
»Kammerdiener!!«
Der Diener kam herein, ganz in Gelb, mein Kammerdiener namens Pjotr. Ich habe ihm einmal im Suff geraten, ganz in Gelb herumzulaufen, bis zu seinem Tod. Und seither läuft er prompt nur noch in Gelb herum, der Idiot.
»Weißt du was, Pjotr? Hab ich eben geschlafen oder nicht? Was meinst du?«
»In jenem Abteil schon.«
»Und in diesem nicht?«
»Nein, in diesem nicht.«
»Das erscheint mir sonderbar, Pjotr ... Zünde die Kandelaber an. Ich mag es, wenn die Kandelaber brennen, obwohl ich nicht so recht weiß, was das ist ...
Ich werde nämlich wieder unruhig, weißt du ... Wenn es also so ist, wie du sagst, Pjotr, so habe ich in jenem Abteil geschlafen, und in diesem hier bin ich aufgewacht. Stimmt's?«
»Weiß ich nicht. Ich habe in diesem Abteil selbst geschlafen.«
»Hm. Gut. Doch warum bist du denn nicht aufgestanden, um mich aufzuwecken? Warum?«
»Weshalb hätte ich dich wecken sollen? In diesem Abteil

konnte ich dich nicht wecken, weil du in diesem Abteil von selbst aufgewacht bist.«
»Du machst mich ganz kopfscheu, Pjotr, hör auf. Laß mich nachdenken. Siehst du, Pjotr, ich kann und kann die Antwort auf eine Frage nicht finden, so groß ist diese Frage.«
»Und was für eine Frage ist das?«
»Die Frage ist die, ob ich noch etwas zu trinken habe.«

Höllenbreughel — Leonowo

»Nein, nein, du mußt das richtig verstehen. Es ist nicht die Frage selbst, es ist einfach das Mittel zur Beantwortung der Frage. Weißt du, wenn das Herz aus dem Rausch erwacht, kommen Angst und Unsicherheit auf. Wenn ich jetzt was trinken könnte, wäre ich nicht länger so zerrissen und konfus. Fällt es denn sehr auf, daß ich zerrissen bin?«
»Es fällt überhaupt nicht auf. Nur die Fresse ist geschwollen.«
»Das macht nichts. Die Fresse — das macht nichts . . .«
»Und zu trinken ist auch nichts da«, stellte Pjotr fest, stand auf und zündete die Kandelaber an.
Ich fuhr zusammen. »Das ist gut, daß du die Kandelaber anzündest. Ich bin etwas unruhig, weißt du. Wir fahren und fahren die ganze Nacht, und niemand ist da, außer uns.«
»Wo ist eigentlich deine Fürstin, Pjotr?«
»Sie ist schon lange ausgestiegen.«
»Wo ist sie ausgestiegen?«
»In Chrapunowo. Sie war auf dem Weg von Petuschki nach Chrapunowo. In Orechowo-Sujewo ist sie eingestiegen und in Chrapunowo ausgestiegen.«
»Wie kommst du auf Chrapunowo? Was faselst du da,

Pjotr. Du machst mich ganz kopfscheu, hör auf. So, so ... ja ... die wichtigste Frage ... Irgendwie geht mir Anton Tschechow im Kopf herum. Ja, und Friedrich Schiller auch, Friedrich Schiller und Anton Tschechow. Warum? Keine Ahnung. Doch, doch, jetzt hab ich's: Wenn Friedrich Schiller sich hinsetzte, um eine Tragödie zu schreiben, stellte er immer die Füße in Champagner. Doch nein, anders. Das war der Geheimrat Goethe. Der lief bei sich zu Hause immer mit Pantoffeln und Schlafrock herum ... Und ich? Ich laufe auch zu Hause ohne Schlafrock herum. Und auf der Straße mit Pantoffeln. Und was hat Schiller damit zu tun? Ach ja, das war es: Wenn Schiller gelegentlich Wodka trank, stellte er die Füße in Champagner. Er trank Wodka, die Füße in Champagner getaucht. Herrlich! Und Anton Tschechow hat vor seinem Tod gesagt: ›Ich möchte was trinken.‹ Und starb ...«
Pjotr stand über mir und sah mich unverwandt an. Schau mich nur an! Ich ordne meine Gedanken, und du kannst zuschauen ... Da war doch noch ein Hegel. Daran erinnere ich mich sehr gut: da war noch ein Hegel. Er sagte: ›Es gibt keine Unterschiede, außer dem Unterschied im Grad, zwischen den verschiedenen Graden und dem Fehlen des Unterschieds.‹ Übersetzt in eine gute Sprache, heißt das: Wer säuft heute nicht? Haben wir was zu trinken, Pjotr?«
»Nichts, alles ist ausgetrunken.«
»Und im ganzen Zug ist niemand?«
»Niemand.«
»So ...«
Ich wurde wieder nachdenklich. Seltsame Gedanken gingen mir durch den Kopf. Sie kreisten um etwas, das selbst um etwas kreiste. Und dieses Etwas war auch seltsam. Und die Seele war schwer ... Was tat ich eigentlich in diesem Augenblick? War ich im Begriff einzuschlafen oder war ich im Begriff aufzuwachen? Ich weiß es nicht, und woher sollte ich es auch wissen? »Es gibt ein Sein,

doch wie soll ich es nennen? Ist's Wachen oder Traum?«

Ich döste so zwölf oder fünfunddreißig Minuten vor mich hin, und als ich wieder zu mir kam, war keine Menschenseele mehr im Abteil. Auch Pjotr war irgendwohin verschwunden. Der Zug donnerte weiter durch Nacht und Regen. Es war sonderbar, das Schlagen der Türen in allen Abteilen zu hören. Es war sonderbar, weil doch in keinem einzigen Abteil eine Menschenseele war ...

Ich lag da, wie eine Leiche, im eiskalten Schweiß, und die Angst fraß am Herzen und kroch höher ...

»Kammerdiener!«

In der Tür erschien Pjotr. Sein Gesicht war blau angelaufen und böse.

»Komm näher, Pjotr, komm näher. Du bist ja auch ganz naß, wovon denn? Hast du eben mit den Türen geschlagen?«

»Ich habe mit gar nichts geschlagen. Ich habe geschlafen.«

»Wer hat denn dann mit den Türen geschlagen?«

Pjotr sah mich unverwandt an.

»Na ja, das macht nichts, das macht nichts. Wenn die Angst im Herzen wächst, muß man sie betäuben, und um sie zu betäuben, muß man etwas trinken. Haben wir was zu trinken?«

»Gar nichts. Alles ist ausgetrunken.«

»Und in der ganzen Welt ist niemand – niemand?«

»Niemand.«

»Du lügst, Pjotr. Du lügst andauernd!!! Wenn da niemand ist, wer schlägt denn dann mit den Türen und Fenstern? Kannst du mir das sagen? Hörst du es? Wahrscheinlich hast du auch was zu trinken und belügst mich.«

Pjotr wandte seinen bösen Blick nicht von mir ab. Ich konnte an seiner Visage erkennen, daß ich ihm auf die Schliche gekommen war. Er war überführt, und nun fürchtete er mich. Ja, ja. Er fiel vornüber auf einen Kandelaber und löschte ihn mit seinem Körper aus. Und so

ging er weiter durch das ganze Abteil, die Lichter löschend. Er schämt sich, er schämt sich, dachte ich. Doch er war schon aus dem Fenster gesprungen.
»Komm zurück, Pjotr«, schrie ich auf. Ich schrie so, daß ich meine eigene Stimme nicht wiedererkannte. »Komm zurück!«
»Halunke!« antwortete jemand durch das Fenster.
Plötzlich kam er wieder ins Abteil hereingeflattert, auf mich zu, riß mich an den Haaren, vor, zurück und dann wieder vor. Das alles geschah mit erbitterter Bosheit.
»Was ist los mit dir, Pjotr? Was ist los?«
»Nichts! Bleib! Bleib, wo du bist, Omi. Bleib hier, alte Kanaille! Fahr nach Moskau! Verkauf dort deine Sonnenblumenkerne! Ich kann nicht me-e-e-ehr . . .!«
Er flatterte wieder hinaus, und diesmal für ewig.
»Zum Teufel, was soll das? Was ist mit denen allen los?«
Ich preßte meine Schläfen zusammen und begann am ganzen Körper zu zucken und zu schlottern. Zusammen mit mir zuckten und schlotterten die Wagen. Ich begriff, daß sie schon lange vorher begonnen hatten, zu schlottern und zu zittern . . .

Leonowo – Petuschki

. . . die Türen der Abteile klapperten und heulten, immer lauter und durchdringender. Und was war das? Durch das Fenster kam der Traktorist Jewtuschkin hereingeflogen und segelte längs durch das Abteil. Sein Gesicht war blau vor Angst. Gleich darauf stürzte sich eine Horde Erinnyen ins Abteil, und ihm nach . . . Es klirrten die Schellen und Tschinellen.
Mir standen die Haare zu Berge. Ich sprang auf, wie von Sinnen, und begann mit den Füßen zu stampfen: »Bleibt stehen, Mädchen! Ihr Göttinnen der Rache, bleibt ste-

hen! Es gibt keine Schuldigen in dieser Welt ...!« Aber sie liefen immer weiter ...

Als die letzte auf gleicher Höhe mit mir war, verlor ich die Beherrschung und packte sie von hinten. Sie keuchte vom Laufen. »Wohin? Wohin lauft ihr alle?«

»Was willst du? Weg da-a-a! Laß lo-o-os!«

»Wohin? Diese endlose Fahrt – wohin?«

»Was geht's dich an, Wa-a-ahnsinniger ...!«

Doch plötzlich drehte sie sich zu mir herum, umschlang meinen Kopf und küßte mich auf die Stirn – so unerwartet, daß ich ganz verlegen wurde, mich hinsetzte und anfing, Sonnenblumenkerne zu knabbern.

Und während ich knabberte, lief sie ein paar Schritte weiter, sah mich an, kam wieder zurück und gab mir einen Backenstreich auf die linke Wange. Gab mir einen Backenstreich, schwang sich zur Decke und jagte davon, ihren Freundinnen nach. Ich stürzte ihr nach, unter mörderischen Halsverrenkungen ...

Die Sonne versank feuerrot am Himmel, die Pferde schnaubten. Wo war das Glück, von dem die Zeitungen schreiben?

Ich lief und lief, durch Sturm und Nacht, und riß die Türen aus den Angeln. Ich wußte, daß der Zug »Moskau-Petuschki« in diesem Augenblick entgleiste. Die Wagen flogen durch die Luft, schlugen auf der Erde auf und brachen zusammen, wie ohnmächtig ... Ich taumelte und schrie:

»O-o-o-oh! Sto-o-o-p! ... A-a-a-ah ...!«

Ich schrie und traute meinen Augen nicht: der Chor der Erinnyen kehrte zurück. Sie kamen vom vordersten Wagen direkt auf mich zugeflogen, in einer panischen Herde. In ihrem Gefolge der wutschnaubende Jewtjuschkin. Die Lawine warf mich um und begrub mich unter sich ... Die Tschinellen klirrten immer noch, und die Schellen rasselten. Sterne fielen auf die Türschwelle des Landwirtschaftssowjets. Und Sulamith bog sich vor Lachen.

Petuschki. Bahnsteig

Danach löste sich natürlich alles in Luft auf. Nebel war das, sagt ihr? Kann schon sein. Ja, es war wohl Nebel. Und wenn ihr meint, es war kein Nebel, es war Feuer und Eis, abwechselnd Feuer und Eis, dann werde ich euch auch nicht widersprechen. Ja, es war wohl Feuer und Eis. Das heißt, zuerst gerinnt das Blut in den Adern, und wenn es erstarrt ist, beginnt es sofort wieder zu kochen, und sobald der Siedepunkt erreicht ist, erstarrt es von neuem.

»Ich habe Fieber«, sagte ich mir, »überall dieser heiße Nebel – das kommt vom Fieber. In mir der Schüttelfrost und draußen der heiße Nebel.« Und aus diesem Nebel löste sich plötzlich eine mir gut bekannte Gestalt. Sollte es Achilles sein? Jedenfalls kannte ich ihn gut. Ah! Jetzt erkannte ich ihn ganz deutlich: es war Mithridates, König von Pontos. Er war über und über mit Rotze verschmiert, und in der Hand hielt er ein Messer ...

»Mithridates, bist du es?« Mein Herz war schwer und meine Stimme klang tonlos. »Bist du es, Mithridates?«

»Ich bin es«, antwortete Mithridates, König von Pontos.

»Warum bist du so verschmiert?«

»Das ist immer so bei mir. Bei Vollmond läuft bei mir immer die Rotze ...«

»Und an anderen Tagen nicht?«

»Es kommt auch an anderen Tagen vor. Aber nicht so schlimm wie bei Vollmond.«

»Und du wischst sie überhaupt nicht ab?« Ich konnte nur noch flüstern. »Wischst du sie nie ab?«

»Wie soll ich es dir erklären? Manchmal wische ich sie ab, doch bei Vollmond ist das aussichtslos. Je mehr man wischt, desto mehr verschmiert man sie. Schließlich hat jeder seinen eigenen Geschmack. Der eine läßt seine Rotze gern laufen, der andere wischt sie ab, und der dritte verschmiert sie. Bei Vollmond ...«

Ich unterbrach ihn:
»Du sprichst sehr schön, Mithridates, doch warum hast du ein Messer in der Hand?«
»Na, warum wohl? Erstechen werde ich dich – darum! Und du fragst. Ist doch ganz klar – erstechen werde ich dich ...«
Und wie er sich sofort verändert hatte! Bisher hatte er ganz friedlich gesprochen, aber nun fletschte er die Zähne, und sein Gesicht verfinsterte sich. Und wieso war plötzlich die Rotze verschwunden? Jetzt kicherte er auch noch! Kicherte, fletschte die Zähne und kicherte wieder!
Mich fröstelte erneut. »Nicht doch, Mithridates, nicht doch!« flüsterte ich oder schrie, ich weiß es nicht. »Nimm das Messer weg, nimm es weg! Warum nur ...?«
Aber er hörte nicht mehr und schwang schon das Messer, als wären tausend schwarze Teufel in ihn gefahren ... »Unhold!« Ich fühlte plötzlich einen Stich in der linken Seite, und ich stöhnte leise auf. Ich hatte nicht mehr die Kraft, das Messer abzuwehren ... »Hör auf, Mithridates, hör auf ...«
Im gleichen Augenblick verspürte ich einen Stich in der rechten Seite, dann wieder in der linken und wieder in der rechten. Ich konnte nur noch kraftlos winseln und versuchte, wahnsinnig vor Schmerzen, mich in irgendeine Ecke des Bahnsteigs zu verkriechen. Ich erwachte unter Krämpfen. Ringsum nichts als Wind, Dunkelheit und Hundekälte. »Was ist mit mir? Wo bin ich? Warum nieselt es so? Mein Gott ...«
Ich schlief wieder ein. Und wieder begann all das, das Frösteln, die Hitze, das Fieber. Und dort, aus der Ferne, wo der Nebel beginnt, kamen zwei Kolosse auf mich zugeschwommen. Es waren der Arbeiter mit dem Hammer und die Kolchosbäuerin mit der Sichel aus der Skulptur von Muchina. Sie kamen ganz nahe an mich heran und grinsten. Der Arbeiter versetzte mir mit dem Hammer einen Schlag auf den Kopf, und die Bäuerin schlug mir

die Sichel in die Eier. Ich schrie auf, wahrscheinlich laut, und erwachte wieder. Diesmal unter noch stärkeren Krämpfen. Alles an mir zuckte, das Gesicht, die Kleider, die Seele und die Gedanken.
O dieser Schmerz! O diese hündische Kälte! O Unmöglichkeit! Wenn jeder meiner Freitage in Zukunft so sein wird wie der heutige, werde ich mich an einem der Donnerstage aufhängen! ... Habe ich mir solche Zuckungen von dir versprochen, Petuschki? Wer hat deinen Vöglein die Kehle durchgeschnitten und deinen Jasmin zertrampelt, solange ich auf dem Weg zu dir war? Himmlische Mutter, ich bin in Petuschki ...!
Macht nichts, macht nichts, Jerofejew ... Talitha qûmî, wie er Erlöser sagte, das heißt, stehe auf und geh. Ich weiß, ich weiß, du bist überfahren und zerquetscht an allen Gliedern und in der ganzen Seele, und der Bahnsteig ist naß und menschenleer. Und niemand ist gekommen, um dich abzuholen, und es wird auch nie mehr einer kommen.
Und trotzdem, stehe auf und geh! Versuche es ... Aber das Köfferchen! O Gott, wo ist dein Köfferchen mit den Gastgeschenken? Zwei Gläser Nüsse für den Jungen, eine Schachtel Pralinen ›Kornblume‹ und die leeren Flaschen. Wo ist das Köfferchen? Wer hat es gestohlen und warum? Es waren doch die Geschenke drin! Sieh mal nach, ob du noch Geld hast, vielleicht hast du noch ein bißchen. Ja, ja, ein bißchen habe ich noch, ein ganz, ganz kleines bißchen. Doch was nützt dir jetzt das Geld? O Vergänglichkeit. O Vergeblichkeit! O du traurigste und schmachvollste Zeit im Leben meines Volkes – o Zeit zwischen Schließung der Geschäfte und Morgendämmerung ...!
Macht nichts, macht nichts, Jerofejew ... Talitha qûmî, wie deine Königin sagte, als du im Sarg lagst, das heißt, stehe auf, klopf deinen Mantel und die Hose ab, schüttle dich und geh. Versuch wenigstens zwei Schritte, danach

wird es leichter. Je weiter, desto leichter. Du hast dem kranken Jungen selbst gesagt: »Heißa Kathreinele, schnür dir die Schuh ...« Und das Wichtigste – geh von den Schienen weg, hier fahren ewig Züge, von Moskau nach Petuschki und von Petuschki nach Moskau. Geh weg von den Schienen. Gleich wirst du alles erfahren. Warum nirgends eine Menschenseele ist, wirst du erfahren, warum sie dich nicht abgeholt hat, und alles andere ... Geh, Wenitschka, geh ...

Petuschki. Bahnhofsplatz

Wenn du nach links gehen willst, Wenitschka – dann geh nach links. Wenn du nach rechts gehen willst – dann geh nach rechts. Dir kann es egal sein, wo du hingehst. Darum geh am besten geradeaus, wo das Auge hinsieht ...

Jemand hat mir einmal gesagt, daß es ganz einfach ist zu sterben: man braucht nur vierzigmal hintereinander ganz tief, so tief wie nur möglich, einzuatmen, und genausooft auszuatmen, aus tiefstem Herzen. Dann wird man seinen Geist aufgeben. Vielleicht sollte ich es versuchen? Doch warte, warte ...! Vielleicht sollte ich mich erst nach der Uhrzeit erkundigen? Erkundigen, wie spät es ist ...? Aber wen sollte ich fragen, wo doch keine Menschenseele auf dem Platz ist, und zwar ganz entschieden keine einzige. Und wenn du tatsächlich einem lebendigen Menschen begegnen würdest, könntest du dann die Lippen öffnen vor Kälte und Kummer? Jawohl, vor Kummer und Kälte ... O Stummheit! Wenn ich einmal sterbe – ich werde sehr bald sterben, das weiß ich – werde ich sterben, ohne diese Welt angenommen zu haben, nachdem ich ihr aus der Nähe und aus der Ferne ins Gesicht gesehen, sie von außen und innen ergründet habe. Ich werde sterben, ohne sie angenommen zu haben, und Er wird mich fragen: »Nun, wie war es dort? Hat es dir gefallen?« Doch ich werde schweigen. Ich werde die Augen senken und schweigen. Diese Stummheit ist jedem bekannt, der den Ausgang eines viele Tage dauernden schweren Rausches kennt. Ist nicht das ganze Leben nur ein flüchtiger Rausch der Seele? Eine Verfinsterung der Seele? Wir alle sind wie betrunken, nur jeder auf seine Weise, der eine hat mehr getrunken, der andere weniger. Und bei jedem wirkt es sich anders aus: der eine lacht dieser Welt ins Gesicht, und der andere weint an der Brust dieser Welt. Der eine hat sich schon ausgekotzt und fühlt sich wohl, während dem anderen gerade erst schlecht wird. Und ich? Ich habe vielerlei durchprobiert, aber nichts hat gewirkt. Ich mußte kein einziges Mal richtig lachen, und gekotzt habe ich auch kein einziges Mal. Ich, der in dieser Welt so unendlich vieles durchprobiert hat, daß Rechnung und Reihenfolge durcheinandergeraten, ich bin nüchterner als alle andern auf dieser Welt. Auf mich wirkt einfach nichts ... »Warum schweigst du?«, wird mich der Herr fragen, von blauen Blitzen umzuckt. Doch was werde ich darauf erwidern können? Ich werde schweigen und schweigen ...

Vielleicht sollte ich doch die Lippen öffnen, eine lebendige Seele finden und nach der Uhrzeit fragen ...?

Was willst du eigentlich mit der Uhrzeit, Wenitschka? Geh lieber weiter, geh, schirme dich vorm Wind ab und geh, schön langsam ... Es gab Zeiten, da hattest du das Paradies auf Erden, da hättest du nach der Uhrzeit fragen sollen – letzten Freitag. Jetzt gibt es kein Paradies mehr, was willst du da noch mit der Uhrzeit? Die Königin ist nicht zu dir auf den Bahnsteig gekommen, mit ihren Wimpern, zur Erde gesenkt ... Die Gottheit hat sich von dir abgekehrt, wozu sollst du jetzt noch nach der Uhrzeit fragen? Diejenige, von der du scherzend gesagt hast, sie sei keine Frau, sondern ein Blancmanger, ist

nicht zu dir auf den Bahnsteig gekommen. Die Labsal des Menschengeschlechts, die Lilie dieses Tales ist nicht gekommen, um dich abzuholen. Welchen Sinn hat es jetzt noch, nach der Uhrzeit zu fragen, Wenitschka?
Was ist dir geblieben? Morgens Wehklagen, abends Weinen, nachts Zähneknirschen ... Und wen, wen auf der Welt geht mein Herz etwas an? Wen? ... Geh in ein beliebiges Haus in Petuschki, an eine beliebige Schwelle und frage: »Was geht euch mein Herz an?« O mein Gott ... Ich bog um die Ecke und klopfte an die erstbeste Tür.

Petuschki. Ringstraße

Ich klopfte und wartete zitternd vor Kälte, daß man mir öffnete ... Merkwürdig hohe Häuser haben sie in Petuschki hingebaut ...! Übrigens, das ist immer so. Nach einem schweren, viele Tage dauernden Rausch erscheinen alle Leute gräßlich böse, die Straßen unermeßlich breit, die Häuser beängstigend groß ... Alles wächst genau um so viel, wie alles nichtiger erscheint als es wirklich ist, wenn man betrunken ist ... Erinnerst du dich an das Lemma des Schnurrbärtigen?
Ich klopfte noch einmal, etwas lauter als vorher.
Ist es wirklich so schwer, einem Menschen die Tür zu öffnen und ihn für drei Minuten einzulassen, um sich aufzuwärmen? Das verstehe ich nicht ... Sie, die Ernsthaften verstehen es nicht, und ich, das Leichtgewicht, werde es nie verstehen ... »Mene mene tekel upharsin«, das heißt, gewogen und zu leicht befunden, das heißt »tekel« ... Und wenn schon ...
Egal, ob es dort eine Waage geben wird oder nicht – dort werden ein Seufzer und eine Träne schwerer wiegen als Berechnung und Absicht. Ich weiß das besser als ihr irgend etwas wißt. Ich habe viel erlebt, viel getrunken und

viel nachgedacht – ich weiß, was ich sage. Alle eure Leitsterne sind dem Untergang geweiht, und wenn überhaupt, so flackern sie nur noch mit letzter Kraft. Ich kenne euch nicht, Menschen, ich kenne euch schlecht, ich habe euch selten Beachtung geschenkt, doch ihr geht mich was an: es beschäftigt mich, wie es in euren Seelen aussieht, denn ich möchte Gewißheit haben, ob der Stern von Bethlehem erneut aufleuchten wird oder ob er schon wieder zu flackern beginnt. Das ist das Wichtigste. Weil alle andern Sterne dem Untergang geweiht sind, und wenn überhaupt, so flackern sie nur noch mit letzter Kraft. Und selbst wenn sie strahlend leuchten, so sind sie doch keinen Pfifferling wert.

Ob es dort nun eine Waage geben wird oder nicht, wir Leichtgewichte werden dort schwerer wiegen und den Sieg davontragen. Ich glaube daran fester, als ihr an irgend etwas glaubt. Ich glaube, weiß und bezeuge es der Welt. Doch warum hat man in Petuschki die Straßen nur so verbreitert ...?

Ich entfernte mich von der Tür und sah von einem Haus zum andern, von einem Hauseingang zum andern. Und während sich in mein Gehirn ein Gedanke einschlich, der so schrecklich war, daß man ihn nicht aussprechen kann, und eine Vermutung, die ebenfalls so schrecklich war, daß man sie nicht aussprechen kann, ging und ging ich immer weiter, betrachtete angestrengt jedes Haus und konnte nichts Rechtes erkennen.

Weine nicht, Jerofejew, weine nicht ... Was ist denn? Und warum zitterst du so? Vor Kälte oder wovor? ... Nicht doch ...

Wenn ich wenigstens zwanzig Schluck Wodka hätte! Sie würden mir zu Herzen steigen, und das Herz wäre immer in der Lage, die Vernunft davon zu überzeugen, daß ich in Petuschki bin. Aber ich hatte keinen Wodka, und so bog ich in eine Gasse ein und fing erneut an zu zittern und zu weinen ...

Und da begann jene Geschichte, die schrecklicher war als alle, die ich je im Traum gesehen hatte. In dieser Gasse kamen mir vier Gestalten entgegen ... Ich erkannte sie sofort. Ich brauche euch wohl nicht zu sagen, wer die vier waren. Ich begann noch mehr zu zittern als vorher, ich verwandelte mich in ein einziges zitterndes Bündel ...
Sie kamen auf mich zu und umzingelten mich.
Wie könnte ich euch beschreiben, was für Visagen sie hatten?
Nein, nein, keine Verbrechervisagen, eher sogar umgekehrt. Da war ein Anflug von etwas Klassischem, doch in den Augen – könnt ihr es euch vorstellen? Habt ihr einmal auf der Bahnhofstoilette von Petuschki gesessen? Könnt ihr euch entsinnen, wie dort in der gewaltigen Tiefe, in den runden Öffnungen diese bräunliche Brühe plätschert und funkelt? Genau solche Augen waren das. Und der vierte hatte eine Ähnlichkeit mit ... doch ich sage euch später, mit wem er Ähnlichkeit hatte.
»So, jetzt haben wir dich«, sagte der eine.
»Was heißt das – ihr habt mich?« Meine Stimme zitterte entsetzlich vor Katzenjammer und Kälteschauern. Sie waren der Meinung, daß sie vor Angst zitterte.
»Jetzt haben wir dich. Jetzt wirst du nirgends mehr hinfahren.«
»Und warum ...?«
»Darum.«
»Hört zu ...«, meine Stimme riß ab, weil in mir jeder einzelne Nerv zitterte, nicht nur die Stimme. Kein Mensch hat Selbstvertrauen in der Nacht, ich meine, in einer kalten Nacht. Der Apostel hat Christus verraten, ehe denn der Hahn dreimal krähte. Doch nein, anders: der Apostel hat Christus dreimal verraten, ehe denn der Hahn krähte. Ich weiß, warum er ihn verraten hat. Weil er vor Kälte zitterte, ja. Und dabei hatte er sich noch am Feuer wärmen können, zusammen mit den andern. Doch ich hatte kein Feuer und kam von einer einwöchigen

Sauftour. Hätte er mich jetzt versucht, hätte ich ihn siebenmal siebzigmal verraten, und öfter ...

»Hört zu«, sagte ich, so gut ich konnte, »laßt mich ... was wollt ihr von mir ...? Ich habe doch nur mein Mädchen verpaßt ... Ich bin gefahren und gefahren und nicht angekommen ... Ich habe verschlafen, und man hat mir mein Köfferchen gestohlen, während ich schlief ... es waren nur ein paar Kleinigkeiten drin, aber trotzdem, schade um die ›Kornblume‹ ...«

»Was für eine Kornblume?« fragt einer von ihnen.

»Na ja, Pralinen, Pralinen ›Kornblume‹ ... Und zweihundert Gramm Nüsse, die wollte ich dem Baby bringen. Ich habe sie ihm versprochen, weil er einen Buchstaben gut kennt ... Aber das ist nebensächlich ... Sobald es hell wird, fahre ich wieder ... zwar ohne Geld und ohne Geschenke, aber sie werden mich trotzdem aufnehmen. Sie werden bestimmt kein Wort sagen, sogar umgekehrt ...«

Alle vier sahen mich unverwandt an, und alle vier dachten wahrscheinlich dasselbe: dieser feige, niederträchtige Bastard. Sollten sie denken, was sie wollten, wenn sie mich nur freiließen ...! Wo, in welchen Zeitungen hatte ich diese Visagen schon gesehen?

»Ich will wieder nach Petuschki ...«

»Mit Petuschki ist nichts mehr!«

»Nun ... dann eben nicht, dann will ich zum Kursker Bahnhof ...«

»Mit Bahnhof ist es vorbei für dich!«

»Und warum?«

»Darum!«

Einer von ihnen holte aus und gab mir einen Schlag auf die Wange, der andere versetzte mir mit der Faust einen Hieb ins Gesicht. Und die andern zwei kamen näher und näher. Ich begriff überhaupt nichts mehr. Aber ich stand noch auf den Beinen und wich leise zurück, ganz leise, leise. Doch die vier kamen leise näher und näher ...

Lauf, Wenitschka, irgendwohin, ganz gleich wohin! Lauf zum Kursker Bahnhof! Nach links, nach rechts oder zurück, ganz gleich wohin, du landest sowieso am Kursker Bahnhof! Lauf Wenitschka, lauf . . .!
Ich faßte mir an den Kopf und begann zu laufen. Sie mir nach . . .

Petuschki. Kreml.
Minin-und-Posharskij-Denkmal

Vielleicht ist das doch Petuschki . . .? Warum sind keine Leute auf den Straßen? Warum ist alles ausgestorben? Wenn sie mich einholen, werden sie mich umbringen . . . Wer würde es hören, wenn ich schreien würde? In keinem der Fenster brennt Licht . . . Und die Laternen haben einen so unwirklichen Schein, sie brennen, ohne auch nur ein einziges Mal zu flackern.
Es kann sogar sehr gut möglich sein, daß das Petuschki ist . . . Dieses Haus, auf das ich jetzt zulaufe, das ist doch das Bezirksfürsorgeamt, und dahinter Finsternis . . . Das Fürsorgeamt von Petuschki – und dahinter Finsternis von Ewigkeit zu Ewigkeit und der Bunker für die Toten . . . O nein, nein . . .!
Ich stürzte auf einen Platz hinaus. Die Pflastersteine waren naß. Ich holte tief Luft und sah ringsum:
Nein, das ist nicht Petuschki . . .! Wenn Er – wenn Er diese Erde für immer verlassen hat, aber doch jeden einzelnen von uns sieht – in diesen Winkel hat Er nie einen Blick getan, das weiß ich . . . Und wenn Er diese meine Erde nie verlassen hat, wenn Er sie barfuß und im Sklavengewand durchwandert hat – um diesen Platz hat er einen Bogen gemacht und ist daran vorübergegangen . . .
Nein, das ist nicht Petuschki! An Petuschki ist er nicht vorübergegangen. Er hat dort, müde geworden, im Schein

des Feuers übernachtet, und die Asche und den Rauch seines Nachtlagers haben dort in vielen Herzen Spuren hinterlassen. Wozu Feuer? Hätten wir Asche ...

Nein, das war nicht Petuschki! Der Kreml erstrahlte vor mir in seiner ganzen Herrlichkeit. Obwohl ich hinter mir schon die Schritte meiner Verfolger hörte, konnte ich noch denken: Ich bin kreuz und quer durch ganz Moskau gelaufen, nüchtern und im Rausch, aber den Kreml habe ich kein einziges Mal gesehen, sondern bin auf der Suche nach ihm stets zum Kursker Bahnhof geraten. Und nun liegt er vor mir, wo ich den Kursker Bahnhof nötiger brauche als irgendwas anderes auf der Welt ...!

»Unerforschlich sind Deine Wege ...«

Die Schritte kamen immer näher, doch ich konnte nicht mehr weiterlaufen, ich hatte keinen Atem mehr. Ich konnte mich nur noch bis zur Kremlmauer schleppen und brach zusammen ... Kein Zittern mehr und keine Furcht – mir war alles egal ...

Sie kamen näher, zwei von links und zwei von rechts. Was sind das für Leute, und was habe ich ihnen getan? Diese Frage stellte ich mir nicht mehr. Egal. Und ob sie mich bemerken oder nicht – das ist auch egal. Ich will nicht mehr zittern, ich will Ruhe, das ist mein einziger Wunsch ... Laß sie vorübergehen, Herr ...

Aber sie bemerkten mich doch. Sie kamen auf mich zu, umzingelten mich, schwer und heiser schnaufend. Gut, daß ich noch rechtzeitig auf die Beine kam, sonst hätten sie mich umgebracht ...

»*Vor uns* wolltest du davonlaufen? *Vor uns,* was?« zischte der eine, packte mich an den Haaren und schlug meinen Kopf mit seiner ganzen Kraft gegen die Kremlmauer. Mir war, als würde ich vor Schmerz in der Mitte durchgespalten. Blut rann mir über das Gesicht und in den Kragen. Ich wäre beinahe hingefallen, aber konnte mich gerade noch auf den Beinen halten ... Das Gemetzel begann!

»Hau ihm in die Rippen. In die Rippen mit dem Stiefel! Laß ihn tanzen!«
Mein Gott! Ich riß mich los und begann wieder zu laufen – den Platz hinunter. Lauf, Wenitschka, wenn du kannst, lauf, du wirst entkommen, sie können nämlich gar nicht laufen! Für zwei Augenblicke blieb ich vor dem Denkmal stehen, wischte das Blut von den Brauen ab, um besser sehen zu können. Zuerst sah ich Minin an, dann Posharskij, dann wieder Minin. Wohin? In welche Richtung soll ich laufen? Wo ist der Kursker Bahnhof? In welche Richtung soll ich laufen? Zum Überlegen war keine Zeit – ich lief in die Richtung, in die der Fürst Dimitrij Posharskij blickte . . .

Moskau – Petuschki. Im fremden Treppenhaus

Noch bis zum letzten Augenblick hatte ich geglaubt, ihnen entkommen zu können. Während ich in den fremden Hauseingang hineinlief, bis zum obersten Stockwerk kroch und wieder zusammenbrach, hatte ich immer noch Hoffnung . . . Macht nichts, macht nichts, das Herz wird sich in einer Stunde wieder beruhigen, das Blut läßt sich abwaschen. Bleib so liegen, Wenitschka, bleib so liegen, bis es hell wird, und dann zum Kursker Bahnhof und . . . Hör auf zu zittern, ich sage dir doch, hör auf . . .
Mein Herz klopfte so laut, daß es beim Lauschen störte, aber die Geräusche drangen doch an mein Ohr: die Haustür ging unten leise auf und blieb für einige Augenblicke geöffnet.
Ich zitterte wie Espenlaub und sagte mir selbst: »Talitha qûmî«, das heißt, stehe auf und bereite dich auf das Ende vor . . . Doch ich fühlte, daß es diesmal nicht mehr »Talitha qûmî« hieß, sondern »Lama sabachthani«, wie der

Erlöser sagte, was soviel heißt wie: »Mein Gott, warum hast Du mich verlassen?« Warum hast Du mich eigentlich verlassen, mein Gott?

Gott schwieg.

Himmlische Engel, sie kommen herauf! Was soll ich tun? Was soll ich jetzt tun, um nicht zu sterben? Engel ...!

Die Engel lachten schallend. Wißt ihr, wie Engel lachen? Diese schändlichen Kreaturen! Jetzt hab ich's. Soll ich euch sagen, wie Engel lachen? Irgendwann, schon sehr lange her, wurde am Bahnhof in Lobnja ein Mensch vom Zug überfahren. Auf eine ganz unglaubliche Weise: seine untere Hälfte wurde zermalmt und flog in tausend Stücken über das Gleisbett, während die obere Hälfte, von der Gürtellinie an, wie lebendig neben den Gleisen stehenblieb, so wie die Büsten von allen möglichen Schweinehunden auf Postamenten stehen. Der Zug fuhr weiter, und er, diese Hälfte, blieb so stehen mit einem betretenen Ausdruck im Gesicht und mit halb geöffnetem Mund. Viele konnten das nicht sehen, wandten sich ab, blaß und von tödlichem Grauen erfaßt. Doch da kamen ein paar Kinder angerannt, drei oder vier, lasen irgendwo eine brennende Zigarettenkippe auf und steckten sie ihm in den toten, halb geöffneten Mund. Die Kippe rauchte weiter, und die Kinder sprangen um ihn herum und lachten über diesen gelungenen Scherz ...

So lachten jetzt auch die Engel des Himmels über mich. Sie lachten, und Gott schwieg ... Ich sah die vier bereits, wie sie von der letzten Etage die Treppe heraufkamen ...

Die Verblüffung, die ich in diesem Augenblick empfand, war größer als jede Angst (Ehrenwort, größer). Sie waren alle vier barfuß und hielten ihre Schuhe in der Hand. Warum taten sie das? Um keinen Lärm im Treppenhaus zu machen? Oder um sich unbemerkt an mich heranzuschleichen? Ich weiß es nicht. Doch war dies das Letzte, woran ich mich erinnere, diese Verblüffung. Sie ließen sich nicht einmal Zeit zum Verschnaufen und stürzten sich, auf der letzten Stufe angekommen, auf mich. Sie stürzten sich auf mich und begannen mich zu würgen, mit fünf oder sechs Händen gleichzeitig. Ich versuchte, so gut ich konnte, meinen Hals aus der Umklammerung ihrer Hände zu lösen. Doch da geschah das Allerschrecklichste: einer von ihnen, der mit dem grimmigsten und klassischsten Profil, zog aus seiner Tasche einen gewaltigen Pfriem mit hölzernem Griff. Vielleicht war es auch kein Pfriem, sondern ein Schraubenzieher oder so was ähnliches, ich weiß es nicht. Er befahl den andern meine Hände festzuhalten, und so sehr ich mich auch wehrte, sie drückten mich zu Boden und ließen mich nicht mehr los. Ich war wie von Sinnen ...

»Warum-warum ...? warum-warum-warum .. ?« murmelte ich ...

Sie bohrten mir ihren Pfriem mitten in den Hals ...

Ich hatte nicht gewußt, daß es auf der Welt so einen Schmerz gibt, und krümmte mich zusammen vor Qual. Der tiefrote Buchstabe Q erzitterte und zerfloß vor meinen Augen.

Seither habe ich das Bewußtsein nicht mehr erlangt und werde es auch nie mehr erlangen.

Bei der Telefonkabelverlegung in Scheremetjewo,
Herbst 1969

Anmerkungen der Übersetzerin

29 *Alexander Herzens Schwur auf den Sperlingsbergen*
Auf den Sperlingsbergen – 1935 in Leninhügel umbenannt – steht die Staatliche Moskauer Lomonossow-Universität. – Der Beginn der revolutionären Tätigkeit Alexander Herzens (1812–1870) fällt in die Zeit seines Moskauer Studiums.

36 *Ajwasowskijs »Neunte Woge«*
Iwan Ajwasowskij (1817–1900), Maler, insbesondere von Meerstücken. Das Gemälde »Die neunte Woge«, entstanden 1850, befindet sich im Russischen Museum in Leningrad.

43 *»Untröstlicher Kummer« von Kramskoj*
Iwan Kramskoj (1837–1887), einer der Hauptvertreter der realistischen Schule. Das Gemälde »Untröstlicher Kummer« ist im Besitz der Moskauer Tretjakow-Galerie.

59 *Mein Landsmann Solouchin ... will euch in den Wald locken, Pfifferlinge sammeln*
Wladimir Solouchin (* 1924), populärer sowjetischer Schriftsteller, ist als leidenschaftlicher Pilzesammler bekannt. Sein 1967 erschienenes Buch »Tretja ochota« (»Die dritte Lust« bzw. »Die dritte Jagd«) ist diesem Thema gewidmet.

60 *das haben uns Peter der Große und Nikolaj Kibaltschitsch aufgeschwätzt*
Peter der Große hat bekanntlich Rußland »ein Fenster nach Europa geöffnet« und sich, manchmal etwas gewaltsam, bemüht, westliche Sitten (z. B. die Bartlosigkeit der höheren Stände) und Techniken (Schiffsbau u. a.) in Rußland einzuführen.
Nikolaj Kibaltschitsch (1813–1881), Ingenieur und Re-

volutionär, Hersteller der Bombe, der Alexander II. 1881 zum Opfel fiel.

63 *Wir können von der Natur keine milden Gaben erwarten*

Berühmt-berüchtigter Grundsatz des Biologen Iwan Mitschurin (1855–1935), des Lehrers von Trofim Lyssenko, der die Erbmasse der Pflanzen für veränderbar hielt.

64 *Komischerweise weiß in Rußland niemand, wie sich Puschkin den Tod geholt hat*

Vielmehr: das weiß jedes Kind (weil es das schon im Kindergarten lernt).

64 *Nikolaj Ostrowskij*

Autor von »Wie der Stahl gehärtet wurde« (1935), einem Klassiker des sozialistischen Realismus.

69 *Inès Armand*

1874–1920; Bolschewistin, eng befreundet mit Lenin, insbesondere während dessen Schweizer Exil.

78 *Dekabristenbewegung*

Von russ. dekabr = Dezember. Geheimbünde junger Gardeoffiziere, die die Autokratie durch eine konstitutionelle Monarchie oder Republik ersetzen wollten. Ein planloser Putsch – am 14./26. Dezember 1825, drei Wochen nach dem Tod Alexanders I. – scheiterte kläglich. Fünf der Verschworenen wurden gehenkt, die übrigen zu langjähriger bis lebenslanger Zwangsarbeit in Sibirien verurteilt. *Und als sie endlich Herzen aufweckten . . .* – Lenin-Zitat.

79 *Chowanschtschina*

1682, Aufstand der Strelitzen (Moskauer Stadtgarnison) unter Führung des Fürsten Chowanskij zugunsten der Regentin Sofia (aus der ersten Ehe Zar Alexejs) gegen den zehnjährigen designierten Zaren Peter (den späteren Peter den Großen; aus der zweiten Ehe Zar Alexejs). Der Aufstand war erfolgreich, doch kam es anschließend zu einem Machtkampf zwischen der Regentin und den Strelitzen, den Sofia erst mit Hilfe der Kirche für sich entscheiden konnte.

79 *Diese ganzen Uspenskijs und Pomjalowskijs*

Gleb Uspenskij (1843–1902), realistischer Schriftsteller, typischer Vertreter der russischen Intelligenzia, der sich moralisch verantwortlich fühlte für die soziale Rückständigkeit Rußlands, trug mit seinem Buch »Die Macht der Scholle« (1882) entscheidend dazu bei, die Bauern als mögliche »Retter« Rußlands zu entmythisieren; fiel Anfang der neunziger Jahre in geistige Umnachtung. Nikolaj Pomjalowskij (1835–1863), Prosaschriftsteller einfacher Herkunft (»rasnotschinez«; P. war Sohn eines Diakons), »Radikaler« in der Nachfolge Tschernyschewskjis, Realist, kritischer Schilderer des Kleinbürgertums; starb im Delirium tremens.

79 *Dmitrij Pissarjew*
1840–1868; Adliger; mit Tschernyschewskij und Dobroljubow einer der Hauptvertreter der sog. »Nihilisten« – Anhängern eines rabiaten weltanschaulichen Materialismus im Gefolge Ludwig Feuerbachs und Verfechtern radikal-sozialistischer Ideen (»Bauernsozialismus«); verdammte namens der Naturwissenschaften Puschkins gesamtes Werk in Grund und Boden; Mitarbeiter der linksstehenden Zeitschriften »Ssowremennik« und »Russkoje slowo«, insbesondere während der Zeit seiner Festungshaft; ertrank beim Baden.

79 *Belinskij*
Wissarion Belinskij (1813–1848), außerordentlich einflußreicher Literaturkritiker; forderte eine sozialkritisch wirkende, realistische Literatur.

79 *Garschin*
Wsewolod Garschin (1855–1888), sensibler Erzähler in der Nachfolge Turgenjews und des frühen Tolstoj; starb fünf Tage nachdem er sich in einem Anfall von Schwermut die Treppe hinuntergestürzt hatte.

80 *Herzens »Glocke«*
Russ.: »Kolokol«; Wochenzeitschrift, herausgegeben von Alexander Herzen und Nikolaj Ogarjow, erschien 1857 bis 1867 in London, hatte großen politischen Einfluß in Rußland, vor allem bis zur Aufhebung der Leibeigenschaft (1861), die eines von Herzens Hauptanliegen war.

103 *»Der Libidinismus als höchstes und letztes Stadium des Sexismus«*
»Der Imperialismus als höchstes Stadium des Kapitalismus« – eine der Hauptschriften Lenins (1916).

107 *Brockhaus-Jefron*
Russische Ausgabe des Brockhaus in Zusammenarbeit mit dem Verleger Jefron; erschien zwischen 1890 und 1907 in 82 + IV Bänden.

117 *Sofia Perowskaja*
Generalstochter, führendes Mitglied der radikalen Ter-

roristengruppe »Narodnaja wolja« (Volkswille); nach dem Attentat auf Alexander II. 1881 verhaftet, zum Tode verurteilt und hingerichtet.

117 *Vera Sassulitsch*

Mitglied der revolutionären Gruppe »Semlja i wolja« (Land und Freiheit); versuchte ein Attentat auf den Petersburger Stadtkommandanten, weil dieser gesetzwidrig die öffentliche Auspeitschung eines noch nicht rechtskräftig verurteilten politischen Gefangenen befohlen hatte. V. S. kam vor ein normales Geschworenengericht, das das Attentat als kriminelle Handlung werten sollte; sie wurde freigesprochen (31. 3. 1878).

135 *Als der Polarforscher Papanin sich aufmachte, den Flieger Wodopjanow zu retten*

1934 rettete der Flugpionier Wodopjanow (er hatte u. a. die Flugroute nach Sachalin erschlossen) Iwan Papanin und seine Mitarbeiter von dem Eisbrecher »Tscheljuskin«. Papanin gilt als einer der bedeutendsten Erforscher der sowjetischen Arktis.

136 *Minin und Posharskij*

Kusma Minin, Starosta (Bürgerältester) von Nishnij-Nowgorod, und Fürst Dmitrij Posharskij sammelten ein Befreiungsheer (das dritte »Aufgebot«), das 1612 die polnischen Besatzer aus dem russischen Gebiet vertrieb und so die Wiedergeburt des Moskauer Staates ermöglichte. Das Minin-und-Posharskij-Denkmal steht auf dem Roten Platz.

150 *Es waren der Arbeiter mit dem Hammer und die Kolchosbäuerin mit der Sichel aus der Skulptur von Muchina*

Die Skulptur, von Vera Muchina für die Pariser Weltausstellung 1937 geschaffen, steht heute in Moskau am Nordeingang der WDNCh (Ausstellung der wirtschaftlichen Errungenschaften der Sowjetunion).

Inhalt

Alexander Solschenizyn

Das Rote Rad
Zweiter Knoten
November sechzehn

Roman. Aus dem Russischen von Heddy Pross-Weerth.
1986. 1199 Seiten. Leinen

»Mit ›November sechzehn‹ schafft Solschenizyn eine wahrhaftige Enzyklopädie des russischen Lebens vor der Revolution, ein tiefgründiges Porträt, in dem sich Weltgeschichte und Liebesgeschichten begegnen. Er läßt vor unseren Augen das Rußland von 1916 wiedererstehen, eine Gesellschaft, die durch verantwortungslose Demagogie zerrüttet wird, ein Volk, schon halb verblutet durch einen Krieg, der um der schönen Augen der Allierten willen geführt wird, und dennnoch durch seine Arbeitsliebe noch tief mit der Wirklichkeit verwurzelt ...«

Georges Nivat, L'Express

»Ist das wirklich ein Roman? Ja, ein Werk, das gigantisch und stürmisch ist wie unsere Epoche. Es enthält eine wunderbare Liebesgeschichte, einen Roman im Roman. Vielleicht hat Solschenizyn sie geschrieben, um seinen Kritikern zu beweisen, daß er auch das kann, vielleicht weil er sie schon lange in sich trug, vielleicht um zu zeigen, daß Schönheit und Zärtlichkeit auch dann bestehen können, wenn die ganze Welt dem Irrsinn verfallen scheint.«

Georges Suffert, Le Point

Jewgenia Ginsburg

Marschroute eines Lebens

Aus dem Russischen von Swetlana Geier. 1986.
383 Seiten. Serie Piper 462

»›Die Marschroute‹ – das ist der Anfang eines neuen Kapitels unseres gesellschaftlichen Denkens und unserer Literatur«, schrieb Lew Kopelew über dieses erschütternde Dokument, den ersten Bericht, in dem eine russische Frau – »ein weiblicher Hiob« (Heinrich Böll) – Zeugnis über ihren Leidensweg während der Stalinzeit ablegt. Jewgenia Ginsburg schildert die zwei Jahre dauernde Tortur des Parteiverfahrens, den Ausschluß aus der Partei, die Verurteilung zu zehn Jahren Haft (insgesamt wird sie 18 Jahre im Gefängnis und im Lager verbringen). Nach langer Einzelhaft wird sie 1940 in die Eiswüste von Kolyma verschickt. Hier schließt »Gratwanderung« an.

Gratwanderung

Aus dem Russischen von Nena Schawina.
Vorwort von Heinrich Böll. Nachwort von Lew Kopelew und Raissa Orlowa. 3. Aufl., 21. Tsd. 1984.
512 Seiten. Serie Piper 293

»Ich tauche auf aus einer Lektüre, die mich für Tage in einen weit entfernten Archipel entführt hat, in den Archipel Gulag von Kolyma, am Ochotskischen Meer im nordöstlichen Sibirien gelegen, eine Strafkolonie, furchtbarer noch als sie ein Kafka beschreiben konnte, in der zeitweilig mehrere hunderttausend politische Häftlinge gelebt, geschuftet, gelitten haben und Zehntausende umgekommen sind, hauptsächlich bei der Arbeit in Goldbergwerken. Tauche auf aus dem Kreis der Hölle, der hier in Prosa und in seiner ganzen Furchtbarkeit beschworen wird, begleitet von den Bildern des Schreckens, aber auch angerührt von den Gesten der Menschlichkeit, des Trostes, des Überlebens. Das ist kein Buch, das man einfach liest, sondern ein Stück Geschichte, in die man hineingezogen wird.«

Horst Bienek, Die Zeit

Russische Literatur

Wassilij Aksjonow
Defizitposten Faßleergut

Novelle mit Übertreibungen und Traumgesichten.
Aus dem Russischen von Thomas Reschke.
2. Aufl., 7. Tsd. 1985. 98 Seiten. Serie Piper 115

Faßleergut soll per Lastwagen ins Depot der nächsten Kreisstadt befördert werden. Wie einst Gogols berühmte Troika rast der Wagen in wildem Zick-zack tage- und nächtelang über Land, während Fahrer und Fahrgäste gammeln und träumen – es ist eine Fahrt ins Unbekannte, ins Land der Verheißung, wo der »gute Mensch« ihrer Träume auf sie wartet.

»Dieses ebenso übermütige wie hintersinnige Prosastück ist eine rare Ausnahmeerscheinung innerhalb der zeitgenössischen Sowjetliteratur.« Süddeutsche Zeitung

Jurij Trifonow
Der Tausch

Aus dem Russischen von Alexander Kaempfe und Helen von Ssachno.
1986. 87 Seiten. Serie Piper 79

Trifonows Erzählung liegt ein Nichts an Handlung zugrunde: der Tausch einer Wohnung, womit in psychologisch ungemein präziser Form die Analyse einer Ehe beginnt, die sich als Lebenslüge entpuppt. Der Prozeß dieser Entlarvung geht lautlos vor sich – es gibt keine dramatischen Höhepunkte, keine Scheidung, so daß auch die Katastrophe unsichtbar bleibt. Schicksal heißt hier: Alltag, Wiederholung, Zustand gegenseitiger Vortäuschungen – vor dem Wohnungstausch noch mit gnädig geschlossenen Augen, danach im vollen Besitz der inneren Sehkraft. Damit aber wird eine Allgemeingültigkeit erreicht, die Trifonows Erzählung den Rang des Meisterhaften verleiht. Selten ist die gegenseitige emotionale Abnutzung präziser geschildert worden.

Fjodor M. Dostojewski

Aufzeichnungen aus einem Totenhaus und drei Erzählungen

Übertragen von E. K. Rahsin. 4. Aufl., 12. Tsd. 1976.
863 Seiten. Leinen und Leder

Gesammelte Briefe 1833–1881

Übersetzt, herausgegeben, kommentiert und mit einem Nachwort versehen von Friedrich Hitzer. 1986. 410 Seiten. Serie Piper 466

Die Brüder Karamasoff

Roman in vier Teilen mit einem Epilog. Übertragen von E. K. Rahsin.
8. Aufl., 108. Tsd. 1977. 1303 Seiten. Leinen und Leder
(Auch in der Serie Piper 402 lieferbar)

Die Dämonen

Roman. Übertragen von E. K. Rahsin. 15. Aufl., 93. Tsd. 1985.
1031 Seiten. Leinen (Auch in der Serie Piper 403 lieferbar)

Der Doppelgänger

Frühe Romane und Erzählungen. Übertragen von E. K. Rahsin.
3. Aufl., 9. Tsd. 1976. 918 Seiten. Leinen und Leder

Der Idiot

Roman. Übertragen von E. K. Rahsin.
Mit einem Nachwort und einer Zeittafel von Ilma Rakusa.
16., im Anhang veränderte Aufl., 106. Tsd. 1983. 983 Seiten. Leinen
(Auch in der Serie Piper 400 lieferbar)

Der Jüngling

Roman. Übertragen von E. K. Rahsin.
1986. 919 Seiten. Leinen
(Auch in der Serie Piper 404 lieferbar)

Fjodor M. Dostojewski

Onkelchens Traum

Drei Romane. Übertragen von E. K. Rahsin. 2. Aufl., 7. Tsd. 1970.
1002 Seiten. Leinen
(Auch in der Serie Piper 405 lieferbar)

Rodion Raskolnikoff

Schuld und Sühne. Roman. Übertragen von E. K. Rahsin.
11. Aufl., 71. Tsd. 1975. 763 Seiten. Leinen
(Auch in der Serie Piper 401 lieferbar)

Sämtliche Erzählungen

Übertragen von E. K. Rahsin. 6. Aufl., 49. Tsd. 1984. 528 Seiten. Geb.
(Auch in der Serie Piper 338 lieferbar)

Sämtliche Werke in zehn Bänden

Übertragen von E. K. Rahsin. 1980. 9223 Seiten.
(Leinen und Leder in Kassette)

Der Spieler

Späte Romane und Novellen. Übertragen von E. K. Rahsin.
3. Aufl., 12. Tsd. 1974. 783 Seiten. Leinen

Tagebuch eines Schriftstellers

Übertragen von E. K. Rahsin. 3. Aufl., 9. Tsd. 1977. 666 Seiten. Leinen

Anna Grigorjewna Dostojewski
Erinnerungen

Das Leben Dostojewskis in den Aufzeichnungen seiner Frau.
Herausgegeben von René Fülöp-Miller und Friedrich Eckstein.
Aus dem Russischen übersetzt von Dmitri Umanski.
3. Aufl., 21. Tsd. 1980. 426 Seiten; 26 Fotos. Leinen

Russische Lyrik

Gedichte aus drei Jahrhunderten
Ausgewählt und eingeleitet von Efim Etkind.
1981. 575 Seiten. Leinen

Die umfassendste Anthologie russischer Lyrik, die es auf deutsch jemals gegeben hat, herausgegeben von dem bedeutenden russischen Literaturwissenschaftler Efim Etkind. Sie enthält Gedichte so bedeutender Lyriker wie Puschkin, Nekrassow, Alexej Tolstoi, Blok, Mandelstam, Achmatowa, Chlebnikow, Jessenin, Zwetajewa, Pasternak, Jewtuschenko, aber auch lyrische Proben aus dem Werk von Autoren wie Turgenjew, Lermontow, Bunin, Gorki und Nabokow, die in erster Linie als Prosaisten weltberühmt wurden.
Nicht zuletzt bietet diese Anthologie dem Leser die Möglichkeit, zahlreiche Entdeckungen zu machen – sie umfaßt mehr als 500 Gedichte von über 130 Lyrikern. Besonderen Wert legte der Herausgeber, selbst vorzüglicher Kenner sowohl der deutschen als auch der russischen Lyrik, auf die Qualität der Übersetzer, zu denen neben vielen anderen Dichtern wie Chamisso, Paul Celan, Rilke, aber auch Sarah Kirsch, H. M. Enzensberger und Christa Reinig zählen.
Ein ausführlicher Anmerkungsteil, der auch die Viten der Autoren enthält, beschließt den Band, der zweifellos ein unerläßliches Standardwerk ist.

Anna Achmatowa
Im Spiegelland
Ausgewählte Gedichte. Hrsg. von Efim Etkind.
1982. 205 Seiten. Geb.

Jossif Brodskij
Einem alten Architekten in Rom
Gedichte. Aus dem Russischen von Karl Dedecius, Rolf Fieguth und Sylvia List. 1986. 122 Seiten. Serie Piper 506